梦域空间的世界
Magic Dreamland

SOUL TRANSITION

梦域空间

与雾莲街诡眼蜘蛛

琴月○著
索飞澜○绘

......LET US START DREAMING

云南出版集团　晨光出版社

果麦文化 出品

狩梦人观测报告

梦域空间漫游指南

清晨，八爪者的一天，从这里开始……

观察目标：柳嘉

如果我是个普通的学生，在上学的路上——

遇到这样的古怪景象……

梦域空间

观察目标：柳嘉

[3号实验体] 观测报告

观测对象的脑波与多种因幻象病毒导致的梦魇灾难高频匹配。

实验体3号，既有成为狩梦人的巨大潜能，同时因精神状况的不稳定性，有一定概率会给龙巢基地带来不可预测的危险……

孤独是旅程中的荒岛，

你可以长眠于此，

也可以积蓄力量，铸就雄篇。

梦域空间
GROWN GOEING
冒险开启！

梦境

开始啦？

米兰市虚构报

幻象病毒继续扩散！
查案民警不幸染病

前日，米兰公园新增不明原因昏迷者……

为了保卫市民的安危，警察会坚守职责，奋斗在抗击病毒的第一线！

近日，又一警务人员在追查幻象病毒时不幸染病。据悉，该名警察是在环兰商业街执行任务时突然发病，现已送往龙巢医院紧急救治……

狩梦人梦域碎片
等级体验中

出场角色

No.1 孟鹿
No.2 洛茜
No.3 叶亦涵
No.4 一铭先生
No.5 古灵精

（戏猴者）
易天爵
团队"力量担当"

因为体形壮硕、长相硬朗而被称为"明德霸王龙"，其实内心善良，充满正义感，在一次次的事件中和柳嘉等人渐渐成为朋友。

● ● ● ●

侵现实!

狩梦任务

【任务关键词】

刀锋·莲花

你们一个都别想跑掉……

邪恶大本营

No.1 佐臣氏

No.2 理发师苔德

托娜夫人

No.3 独眼草鞋士兵

No.4 龅牙青蛙

No.5 理发屋

〔八爪者〕

柳嘉

团队"主力担当"

身材纤瘦，头脑灵活，虽然因身世不幸、成绩吊车尾，而经常被人排挤，但是性格乐观，在关键的时候总能有出乎意料的表现。

● ● ● ● ●

〔雪狼者〕

罗西

团队"智慧担当"

智商180的天才少年，性格桀骜不驯，对任何新奇事物都抱有旺盛的好奇心，因此常惹祸，虽然吓得伙伴惊慌失措，但最后总能完美收场。

● ● ● ● ●

〔智八者〕

戚梦萦

团队"领袖担当"

外貌出众，性格冷傲，有着同龄人罕见的成熟稳重与强大的知识和经验储备，在必要时是值得依靠的伙伴。

● ● ● ● ● ●

世界已危在旦夕!

《梦域空间 与雾莲街诡眼蜘蛛》目录

狩梦人黄金试炼课堂

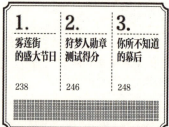

阅前须知❗

本书中的故事情节与各类道具，均为作家在梦域空间中的所见所闻，所有剧情、场景与现实世界完全无关。

请勿将故事情节代入现实生活，更勿模仿其中的危险动作！如果你喜欢本书，请不要吝啬将它分享给你的伙伴们。

最后，希望你能从书中获得奇妙的阅读体验！

下潜，
　　下潜……

　　我不知道
　是我被困在了你的梦境中，

　　还是我们身处的世界，
　　　　原本就是一场梦。

年轻时，
我想变成任何人，
除了我自己。

当我老了，
才发现我没有成为任何人。
我还是我自己。

——龙巢基地第十一区院长 戚梦来

序幕

超梦侦探

时间来到 11 月。

当午夜的钟声敲响，阴沉了一整天的米兰市突然下起了暴雨。

疾风骤雨席卷了世间所有的光亮，让天地瞬间进入黑暗，沉寂得仿若末日降临。位于景烟路上的环兰商业街，此时就像一列横倒在地的废弃火车，浸泡在冰冷的雨水中，显得暗淡无光，毫无生气。

众所周知，由于开发商资金链断裂，这里成了废墟，已经很少有人会来。然而这天夜晚，一个婀娜的身影却出现在这条街道上，正冒着滂沱大雨狂奔。

她的身影在街尾的一间废弃店铺前停了下来，侧过身躲进

狭窄的屋檐下。她心情烦躁地脱下被雨水淋湿的蓝色运动外套，高领毛衣上一枚雕刻着海豚图案的金属徽章，在幽暗的路灯下闪着淡淡的荧光。

她是一名精英便衣警探，名叫孟鹿。

这段时间，她一直在追查几桩离奇的幻象病毒传播案件——附近社区的一些市民无故发疯，另有一些毫无征兆地陷入沉睡，再加上不久前，她的后辈——新晋巡警王庆龙例行执勤时忽然陷入昏迷，被抢救后出现精神错乱症状。这一切异状已经引起警局的高度重视。

孟鹿隐约感觉，这些看似没有关联的事件背后，似乎存在一丝微妙的联系。

只是，她的运气并不太好，所有调查过的病患都未能提供任何有价值的情报。

今晚，她刚走访完一位病患，没想到回程路上竟遭遇了这场恐怖的大雨。在屋檐下，孟鹿沮丧地叹了口气，完全没有察觉到一只壁虎正从她头顶上方那块翠绿色的旧铁皮门牌上，悄悄地爬了过去。

"吱呀——"

一个沙哑的声音令孟鹿吓了一跳。

她转过头去，发现这家店铺的门竟然是虚掩着的，一缕暗红色的光线从门缝里漏出来，投映在被雨水浇灌的地面上，就像一条浮动的绸带。

孟鹿好奇地抬起手，刚碰触到生锈的门把，这扇木门竟然

自动打开了，一片绚烂的火光映照在她惊讶的脸上。

出现在孟鹿眼前的，与其说是店铺，倒不如说是一间装饰华贵的起居室。

大理石壁炉中柴火烧得正旺，一位气质优雅的银发老人安坐在炉边的复古沙发上；而在另一侧，一个气质忧郁的小男孩，斜坐在老人对面的沙发椅上，正面无表情地望向她。

"抱歉，我只是在门口避雨……"

孟鹿小心翼翼地解释，但职业习惯却又使她不自觉地细细打量起老人与小男孩来。

"大雨总会给我们带来一些特殊的朋友。"老人的声音冷傲而又低沉，脸颊两侧的银色长发仿佛神秘耀眼的瀑布，"进来吧，女士。我刚泡了一壶上好的红茶。"

孟鹿迟疑了片刻，走进房间里，身后的门自动关上了。

展现在她眼前的，是沿着墙壁陈列的华贵楠木墙柜以及错落摆放的精致古物，而当她经过一个如水晶般剔透的书画藏柜时，目光便紧紧地被悬挂在其间的一幅极其瑰丽而奇诡的画作所吸引。

"您是古董店的老板吗？"孟鹿好奇地问。这幅画的边角发黄，一看就有些年头了。

"大多数时候，我是一个童话作家。"老人淡漠地说着，眼睛如两颗黑曜石般，闪烁着深幽的光泽，"古老的物件往往承载着许多有趣的传说，我搜集这些素材，创作成孩子们喜欢的故事。"

窗外雨骤风狂，而孟鹿仿佛着了魔一般，欣赏着画中的景象——那是一片烟雾般迷幻的暗红色晚霞，一个女孩忧伤地伫立在波光粼粼的湖边，一朵朵绽放着的红色睡莲仿佛炽烈的火焰在湖面上幽幽摇曳、奔涌燃烧。

在这幅画的不远处，陈列着一把造型奇异的秘银剪刀，两边的手柄上分别精妙雕刻着一个忧郁托腮男子和一个欢畅跳舞的女人的半身像。

"那这幅画，也承载着有趣的传说吗？"孟鹿问道。

"的确如此。"老人淡漠地解释说，"这幅作品名为《雾莲幽影》，描述的是古时候一个姑娘化为火莲花，燃烧自我之前的心路历程。"

"您也为这幅画创作了故事吗？"孟鹿期待地问。

"有的，一个关于'魔发公主'的故事。"老人淡漠的脸上露出一个若有若无的笑容，"遗憾的是，灵感所限，纵使我驱策许多过客，进入到这个故事里，却始终没有找到适合的女主角。"

孟鹿困惑地皱了皱眉头，无法理解老人话中的意思。

老人轻轻翻开手中厚厚的记事簿，一个仿佛带着魔力般的声音在房间里低沉地回响。

"女士，不知您是否愿意尝试，来帮我完成这个故事？"

壁炉中烈焰升腾，璀璨火光中，老人消瘦的脸庞仿若经历岁月雕刻过的冰山，深远而冰冷。而默然坐在老人对面的小男孩，就像一个只会眨眼睛的木偶，目光冷淡，表情沉郁。

此时，一道刺耳的尖叫声突然在房间里响起。

孟鹿惊慌失措地转过头去——那是两个巨大的金色、绿色瞳孔吗？她还来不及看清，便忽然失去知觉，昏厥在地。

老人视若无睹，自顾自拎起一支黑色羽毛笔，在记事簿上行云流水地画下几行墨痕。一只灰皮无毛猫蹑手蹑脚地走到他跟前，双瞳一金一绿，辉映着奇异的光。

片刻后，老人放下了手中的羽毛笔。

记事簿上的文字突然加速蠕动，最后化成一团金色的沙砾，缓缓飘浮到半空中。

而在变得空白的记事簿页面上，逐渐浮现出一条狭长的青石板街道，盘旋入云，两侧店铺鳞次栉比，沿路挂满了流光潋滟的鲜红莲花灯笼。

"吱吱！"

两只肥硕的蓝皮老鼠突然从街道里蹿出了记事簿，在小男孩冷漠的目光中，飞快溜出虚掩的房门，消失在雨夜里。

老人满意地点了点头，起身从琉璃藏书柜里取出那把秘银剪刀，轻轻扔进了记事簿里。

"哐当"一声，剪刀掉落在那条街道的路面上，暗红色光影中，手柄上的男女塑像闪过一道神秘荧光。

"故事，又开幕了。祝你做个好梦。"

序幕 结束

第一幕

梦魇·雾莲之湖

　　水波在深幽的黑暗中肆意荡漾着，一个女孩依稀漂浮在水中央，一圈圈波纹拥着她载沉载浮。

　　一丝丝红雾宛若虚影，从水波上逐渐升腾……缕缕红雾汇聚在一起，如同活物般发着光，妖娆地流转着，在无尽的黑暗中自在游弋。

　　"哗……哗……"

　　在女孩深沉的睡梦中，响起了轻浅的波浪声。一阵若有似无的吟唱，伴随着空洞而轻佻的笑声，从远处传来……此外，似乎还有乌鸦的低鸣。

　　"花花世界……梦梦浮生……嘻……哈哈……"

"呱……呱呱……"

女生的睫毛微微颤动，缓缓地睁开了眼睛。一片氤氲的红雾闯入了她的眼帘，在黑沉沉的天空下缭绕飘浮。

当她坐起，发现自己已被水流冲到一处湖岸边，此时她大半身体仍浸泡在冰冷的湖水里。袅袅红雾在湖面上飘荡着，乍看过去，仿若着了火。

而当她细细端详，发现红雾中轻轻摇曳的，竟然是一朵朵怒放的火莲花，几盏河灯在花朵间漂流，一丛丛飞蛾如同花瓣的余烬，扑打着橙红的灯火。

女生警惕地站起身，向四周张望，她已经完全辨别不清时间与方向。从她衣裙上滴落的颗颗水珠，都是火莲花一般鲜红的颜色……

就在这时，唤醒她的那一阵吟唱声由远及近，变得越来越清晰，歌唱之人似乎就在这片莲湖中的某处。

"花花世界，梦梦浮生，草木天堂，如来荣枯，砂积乐土，啼笑尘缘，无念清静……"

女生的眉头微微皱起。

她警惕地聆听着渐渐靠近的声音。

没过多久，一个黑影显现在缭绕的红雾中，梦魂般影影绰绰，缓缓地穿过丛丛火莲，朝她游移而来。

来人是一名和她年纪相仿的男生，身着一袭黑衣，正慵懒地伫立在一艘小木舟上，用手指逗弄着两条在空中游弋的红色锦鲤。

红雾如薄纱一般遮挡着他的面容。

女生却依稀看见男生肤色苍白，一头乌发被紧紧束起，戴着一顶用黑色荆棘编织的王冠。令她感到惊异的是，男生那琉璃般的浅蓝色眼睛，透露着与他年龄极不相符的深邃与忧郁，仿佛他已在此处孤独地漂泊了万年，早已腻味了循环往复的时空，看透了腐朽无味的沧桑。

很显然，他就是这片红莲花海的主人。

男生朝女生露出一抹意味不明的微笑，挥手示意她登上木舟。

女生试图抵抗，但一股神秘的力量令她不得不踏入小木舟并在一张小方桌旁坐下，桌面上摆放着精致的陶瓷茶杯和碗碟。

男生站在离她稍远的地方，轻轻摇动着手中的茶盏，红色的锦鲤在他身边环绕。女生闻到一股甜腻的香气，似乎来自周遭的莲花，又仿佛来自男生的身躯。

小木舟在莲湖中缓缓移动，舟上并没有船夫。

"你是谁？"女生轻声问。

"这不重要。"男生发出梦呓般的声音，嘴角露出冷峻的微笑。

"是你将我带来这里？"女生神情疑惑。

"雾莲花开，佳看不常有，好景不常在，请你来赏花而已。"

女生低下头，发现面前的碗碟里，突然出现了莲花造型的精致糕点，火红鲜艳、外皮软糯、气味香甜，像极了母亲曾为她做过的点心。女生按捺不住对母亲的思念，轻轻拈起一块，放进了嘴里。

男生有些得意地扬起嘴角，手中茶杯的碧绿茶水，渐渐变

得猩红。红色锦鲤在他身边兴奋地游动，空气中不时荡漾出墨染般的光晕。

"想要吗？"男生缓缓说，笑容诡秘，"一朵美丽雾莲，和你如出一辙。"

女生的目光微微一凛，抬头朝男生看去。

她发现在男生脚边，出现了一个精致的花篮，里面装满了一朵朵刚采摘下来的红莲。翠绿花枝上标记着不同人名，花瓣边沿噙着晶莹的露水，犹如一滴滴悲伤的眼泪。

"我……需要用什么和你交换？"女生询问。

"只需要写下你的名字，就能拥有一朵自己的花。"男生说着，小茶几上出现了笔墨纸砚。

"写下名字的人……都出自真心吗？"女生警惕地望着他。

男生被茶水染红的嘴角浮起冷笑，就像一片殷红的花瓣。

"那可……不一定。"

女生的目光颤动，神情变得凝重。

她沉思片刻后，伸出一只手将盛开在木舟旁的一朵红莲轻轻采摘下来。夜风中，花朵妖艳妩媚，花香甜美醉人。女生陶醉在美丽的花色中，忽然间，红莲整朵碎裂，花瓣一片片四散纷飞……不仅如此，一阵阵令人感觉十分难受的啜泣声，同时从四面八方传来。

女生惊愕地朝周围望去，发现栽种在黑暗湖泊中的美艳红莲，每一朵花芯中都映衬出一个模糊的人影。这些人影都流露出哀伤的神情，发出一阵阵悲伤的啜泣声。

没过多久，他们便成了一朵朵火红的花朵，花瓣上的露珠

犹如他们的眼泪。

在这些红莲中间，有一名女警正在拼命挣扎着——她颤抖的身体被红雾紧紧缠绕着，眼神中充满了绝望。红雾不停地从她的嘴巴、眼睛、鼻孔和耳朵钻进她的身体。

女生眼睁睁看着女警的身体发出红光，不到一会儿工夫，她慢慢幻化成鲜红的花骨朵，在夜风中舒展花枝，浓郁的甜香四溢——湖中又多出了一朵火红的雾莲。

女生被眼前的景象震慑住了，身体在微微颤抖。

"无论哪个时空，人们都在不停地放纵自己，追逐着无休止的欲望，直到迷失自我，最后心灵不堪重荷，轰然倒地……从仅剩的躯干里，绽放出一朵恶之花。"男生望着女生，继续幽冷地笑着说，"只有遗忘，才能抹去伤痛。想要一朵花吗？属于你自己的花……"

"不。"女生断然拒绝。

随后她惊异地发现，男生脚边花篮里的那些雾莲，竟都从鲜红色变成了暗红色。陶瓷碗碟中原先精美的糕点，也变得腐朽暗淡，苍蝇正在上方环绕盘旋。

"呱——呱呱——"

一只五眼乌鸦啼叫着飞落到男生的肩膀上，冷冷地盯着女生。

男生发出一声冷笑："很遗憾，你别无选择。"

霎时间，小木舟周围的红雾激烈翻滚，快速地聚拢成一团，变形成一只尖锐利爪，紧紧地控制住了女生的身体。

女生难以呼吸。随着利爪用力收紧，她感到越来越痛苦，意识正在一点点消亡。女生艰难地抬起手臂，一团红色火焰挣扎着从她的手心蹿出，她咬紧牙，用尽全力将火焰朝男生砸了过去！

令她感到绝望的是，火球在半空中便熄灭了，根本就没有触碰到那个男生！但火球划破空气时卷起来的疾风，却吹散了遮挡住男生面容的红雾。

女生的眼睛睁得大大的，周围的空气仿佛凝固了。

虽然只有短短一瞬，但她看见了，确实看见了……

那是一张熟悉的脸……

"柳嘉?!"女生感到难以置信。

"很不错，戚梦萦。"男生冷冷一笑，他的面容重新被红雾遮蔽。

"不，你不是柳嘉。"戚梦萦慢慢冷静了下来。她分明记得，柳嘉下定决心和她一起成为狩梦人时的坚定眼神，还有他为此流下的眼泪。

"水中望月，雾里看花。"男生冷笑，"故事不到最后，谁又真的能够判断，谁究竟是谁呢？"

红雾凝聚成的利爪再次控制住戚梦萦的身体，将她拎到了半空中。

戚梦萦拼命地挣扎……

她感觉红雾如潮水般涌入了自己的身体，此刻浑身上下仿佛都被灼烧着。心脏刺痛，每一次跳动都是折磨。她痛苦地呼吸着，空气中充满了浓郁的甜香。渐渐地，她开始感觉麻木，慢慢失去了挣扎的力气。

她正在变成一朵雾莲，戚梦萦确信这一点。

她被放入了湖水里，双脚被泥土掩盖，动弹不得。

最终，于她的眉心深处，绽放出一枚鲜艳的火莲印记。

"啊——"

戚梦萦惊呼着坐起身，终于从梦魇中苏醒了过来。

她坐在卧房的书桌前喘着气，浑身冷汗淋漓。

桌上的闹钟显示时间为晚上7点15分，才过去5分钟吗？戚梦萦长长地舒了一口气。刚才她在用电脑查看资料时，竟然睡着了。那个令她心有余悸的梦魇，似乎意味着什么。

戚梦萦揉了揉太阳穴，深呼吸让自己镇定下来。

相较于刚才的梦魇，眼下还有更为重要的事情需要处理。

她打开电脑继续飞快地查阅着卷宗，没过多久，一份关于龙巢基地的超梦侦探——女警孟鹿在侦查幻象病毒传播源时意外失踪的调查报告，出现在她的眼前。

虽说谈不上认识，但戚梦萦对孟鹿已经关注很久了。

而且最新出现的幻象病毒很是奇怪。据说病患们都是在接触到了某些神秘字画后才不幸感染，并陷入重度昏迷的。

只是到目前为止，还没有人能找到明确的线索。

戚梦萦猜想，孟鹿也许正是因为查到了有价值的线索，才会离奇失踪。

她揉了揉发酸的眼睛，发现难以集中精神，脑海中总是无法控制地浮现出刚才梦中的可怕场景——女警被红雾侵袭，变成一朵火红的雾莲花。头戴黑色荆棘王冠的男生，竟长着柳嘉的脸，以及梦的最后，她自己也变成了一朵雾莲花，被栽种在黑暗的湖水中……

戚梦萦用力摇头，强迫自己保持专注。

尽管梦魇中的画面过于可怕，她的内心拒绝再次回想，但作为第二代狩梦人，她不能对龙巢基地失踪的伙伴不管不顾。

一抹蓝光幽幽亮起。戚梦萦抬起头，发现是她放置在台灯旁的那一枚帆船戒指，正闪着光。

她把戒指握在手中，精神紧绷地左右张望。

这枚戒指是她 5 岁生日时，母亲送给她的礼物。每当戒指发出蓝色的光亮，就意味着某些不速之客已经悄悄光临了。

有谁来了吗？戚梦萦启动乾坤手环，她的眼前掠过两道镜片形状的银光——手环的透视功能，可以让她探测到周围 10 米内的幻象。

戚梦萦警惕地扫视着卧室的四周，并没有发现什么异状。

正当她准备关闭手环的透视功能时，忽然间看见窗户外的

树枝上，一只五眼乌鸦跃上枝头，目光阴冷地凝视着她！

戚梦萦倒吸一口凉气。从小与各种梦魇和幻象争斗的她，当然明白五眼乌鸦的出现，意味着什么。一些极其危险的可怕幻象，即将随之而来！

不过，这只阴魂不散的五眼乌鸦，这一次并没有召唤幻象，而是扇动长着利爪的翅膀，离开枝头飞走了。

戚梦萦猛地从座位上站起，抓起衣架上的外套，冲出了卧房。

她要去追踪那只五眼乌鸦。因为无论从哪个角度分析，这只邪恶的乌鸦，跟最新出现的幻象病毒以及失踪的孟鹿，都有着或多或少的关系。

她不能放过这唯一的线索。

戚梦萦冲出家门时，保姆正在厨房里，一边听书一边洗碗，根本没注意到外面的响动。爷爷戚梦来还在龙巢基地忙碌，很少回家。戚梦萦大部分时间，都是自己照顾自己。

她住在公寓的 7 楼。此时正是人们下班回家的高峰期。

戚梦萦等不及电梯，急匆匆地一口气跑到了楼下。她发现那只五眼乌鸦竟然停落在公寓楼外的花坛边，悠哉地用尖嘴梳理着翎毛，神情就像是在向她挑衅。

是陷阱吗？戚梦萦飞快地分析着各种可能。这时，五眼乌鸦啼叫着，振翅向前方飞去。戚梦萦目光变得坚定，跟着乌鸦冲入了夜色中。

银白的月光照不进霓虹闪烁的街道，高高的楼房压抑着浩瀚无垠的星空。商铺外五颜六色的灯火，让路旁树木的影子变

得怪异扭曲。耀眼的路灯下，人们的眼神冷漠迷离。

戚梦萦气喘吁吁地在人群中穿梭，追赶着普通人看不见的五眼乌鸦。

五眼乌鸦在夜空中时急时缓地飞行着。

它飞离那条繁华喧闹的街道，在一个居民小区门口转了个弯，接着冲向了漆黑的夜空，然后消失不见了，就像融化在无尽的黑暗里。

戚梦萦大汗淋漓地站在小区门口，远远地眺望着五眼乌鸦消失的方向，感到郁闷又懊恼。正当她思考下一步的行动时，一辆小汽车在小区门口停了下来，一名男生被赶下了车——咦，竟然是柳嘉！

"真奇怪，电影票怎么少了一张？"一位胖妇人坐在小汽车副驾驶位上，狂躁地翻着手提包。

"小嘉啊，遇到这种情况，我也没有办法。"中年大叔摇下车窗探出头，挤出一个为难的表情，"留在家里干干家务、写写作业，也挺好的。过几天等舅舅有空，再带你去医院看你妈妈，行吧？"

"行了老公！时间来不及了！柳嘉，我们回来前，你把家里打扫干净啊！"

"老爸，开车！快！"后座上那个胖乎乎的小男孩，粗鲁地拍着座椅。

在妻儿的催促下，中年大叔无奈地踩下油门，开车离开了。

灰扑扑的汽车尾气里，戚梦萦分明看见，胖男孩正隔着后车窗，坏笑着朝柳嘉晃了晃那张"失踪"的电影票，然后做着鬼

脸，一路扬长而去。

"崔牛牛，真有你的！"柳嘉气呼呼地破口大骂，转身走进了小区里，并没有注意到角落处的戚梦萦。

戚梦萦看了看四周，她这时才回过神来，不知不觉间，自己竟然一路追踪到了柳嘉居住的花木苑小区。她突然起了好奇心，走进了小区。

转学到明德学校之前，爷爷戚梦来曾经叮嘱过她，要注意观察柳嘉："千万不要让柳嘉步 0 号实验体的后尘，成为狩梦人的敌人！"

戚梦萦为此调查过柳嘉的所有信息，但其中相当一部分被列为机密。她好奇地向爷爷戚梦来追问关于柳嘉的事情，爷爷却不愿意说太多。

柳嘉和 0 号实验体究竟是什么关系？爷爷为什么会这么担心？好奇心驱使着戚梦萦走到了 6 栋 109 室外，远远地透过客

厅的玻璃窗，朝屋子里看去。

此时已经快晚上8点钟了，光线昏暗的小区里一片宁静详和。

109室里灯火通明，吵闹的音乐声透过窗户传出来，那是最近在明德学校的同学之间特别流行的动画片《超能小英雄》的主题曲。

柳嘉似乎还在生闷气，独自沮丧地坐在沙发上，鬼哭狼嚎般跟着旋律唱歌。令戚梦萦感到诡异的是，屋子里明明只有柳嘉一个人，客厅里却像是刮起了龙卷风——窗帘无端端被扯下，墙上的挂画突然掉在地上，桌椅被一股看不见的蛮力掀翻，吸尘器突然飞到了半空中，打了个旋后，自己砸向了玻璃窗，又神奇地定格在半空中，发出强劲的吸气声。

柳嘉淡定地坐在这不寻常的混乱中，只是偶尔叫骂两声。

戚梦萦疑惑地看着这离奇的一幕，再次启动了乾坤手环。银色光幕从她眼前闪过，顿时，她看到了无法置信的景象——房间里并不是只有柳嘉，还有十几个奇怪的动物幻象！

它们拿着大扫除工具，正在帮助柳嘉打扫房间，结果却将房屋弄得越来越混乱，仿佛这才是它们所认为的整洁。一个熊猫幻象瞪着双眼，为了争抢扫帚与一只小猩猩幻象激烈地厮打！几只相貌怪异的龙猫用肥肚子擦地，几只暴躁的安哥拉兔在地上喷口水。此外还有整理家居的树懒、洗衣服的水獭、倒垃圾的考拉……

柳嘉与它们的关系似乎亲密极了，就像相处多年的老友。

戚梦萦的心情变得沉重起来。与幻象成为朋友，是狩梦人的第一大禁忌！她曾听说，0号实验体也喜欢和幻象打成一片。

戚梦萦渐渐明白，戚梦来院长交代她注意观察柳嘉的原因了——一个普通人，行走在人类世界和梦域空间的边缘，游走在光明与黑暗之间，是一件极其危险的事情。

梦中的那个男生，再次浮现在戚梦萦的脑中……遮挡住男生面容的红雾消散了，戚梦萦清晰地看见了他的脸。

柳嘉戴着黑色荆棘王冠，对她露出了一个邪魅的微笑。

回忆散去。

戚梦萦迟疑地望着正在和幻象们大吵大闹的柳嘉，握紧了拳头。

她感觉自己似乎也不小心游走到了光明与黑暗的边缘，面对明灭交错的人间光影，不知该作出怎样的抉择。

第一幕 结束

第二幕

鼠疫羽毛球馆

第二天，戚梦萦起了个大早，她感觉头像灌了铅一样沉重。昨天晚上她翻来覆去，直到天亮时才勉强睡着。

在梦里，柳嘉拿着一大堆作业来向她请教，当她认真为柳嘉讲解题目时，抬头却发现他露出了一个奇怪的笑容……

戚梦萦被惊醒了，再也睡不着。

她去书桌旁收拾课本时，看到了那沓昨晚打印出来的关于孟鹿失踪案件的卷宗，她感到有些心浮气躁。

戚梦萦简单地吃了一点儿早饭，便背着书包走出了家门。

现在时间还早，但相对于平时戚梦萦到学校的时间，已经有些晚了。

她回想着梦中的男生，以及柳嘉家中的幻象，祁莲秘书的话在戚梦萦耳边回响起来。

小萦，转学到明德后，除了引导柳嘉，也要时刻监督。一旦发现他有黑化的迹象，务必立刻向我汇报，基地会派出噬梦客处理此事，以免他步0号实验体的后尘。

戚梦萦沉重地叹了口气。一念天堂，一念地狱。

柳嘉的未来究竟会怎么样，或许就在柳嘉的一念之间，而此时也在她的一念之间。

她觉得自己有必要给柳嘉一些善意的提醒。万万没想到的是，戚梦萦根本就没有和柳嘉好好谈话的机会。

这天柳嘉虽然按时到了学校，却一直在埋头赶家庭作业，一副兵荒马乱的模样。

他看见戚梦萦时就像看见了救星。换作平时，戚梦萦也许会给他些帮助，不过此刻她坚定地认为，柳嘉需要远离一切歪门邪道。

于是，柳嘉、易天爵以及另外几个"作业拖欠钉子户"，只能绝望地等待云碧华老师亲自对他们进行温柔的"辅导"，补齐拖欠的作业。戚梦萦看着垂头丧气的柳嘉，还有满脸不屑的易天爵，担忧地叹了口气。

此时，班里有好几个同学在讨论，昨晚又有好几只鸽子被老鼠咬死咬伤了，现在鸽舍那里正一片狼藉。

戚梦萦也听见坐在她后排的两位同学，在悄声地议论着关

于老鼠的事情。

"最近学校的老鼠简直疯了！已经有好几个同学和老师被咬伤了！"

"可不是嘛！听说他们全都口吐白沫，不吃东西也不睡觉，像个植物人一样躺在床上……"

"太吓人了……是闹鼠疫了吗，还是幻象病毒？"

戚梦萦的神情变得严肃起来，双眼悠悠地闪着光。

因为龙巢基地的人力吃紧，转学来明德学校前，博古医生曾委托她清理三处幻象病毒感染源。除了"尖叫墙"之外，另外两处感染源都异常狡猾，一直很难捕捉到行踪。如今看来，其中一个已经露出苗头了。

这时，戚梦萦的乾坤手环颤动起来，她低头看去，发现是博古医生发来的信息——

梦魇瘟疫"鼠疫"，传播源已锁定。

请在下午4点左右，前往明德学校羽毛球馆予以清除。

重要提醒：任务必须在太阳落山前完成，否则危险程度会大幅增加。

"收到。"

下午下课铃响，戚梦萦迅速地收拾好了书包。

距离去清除"鼠疫"的时间还有一刻钟，而在这之前，有两个不省心的笨蛋她还需要先提醒提醒。戚梦萦转过头去，冷冷

地瞪着柳嘉和易天爵。

柳嘉正趴在课桌上，抱着像炸毛球一般的头，愁眉苦脸地看着一片空白的作业本，似乎想用意念之力把拖欠的作业瞬间写完。

易天爵毫不羞愧地睁开眼，掏了掏耳朵，然后继续扭过头去呼呼大睡，完全不把现实的窘境放在心上。

"你们最好把作业完成。"戚梦萦压低声音，"龙巢基地的伦理委员会拟定了新的法规：狩梦人的训练和任务出勤，必须以不影响学生正常学习和生活为前提。"

"什么意思？"柳嘉困惑地拧起眉头。

"完不成作业的学生，不能成为狩梦人。"戚梦萦淡漠地回答。

柳嘉惊讶得从凳子上跳了起来，附近几个原本叽叽喳喳的同学向他投来讶异的目光。

一直趴在课桌上呼呼大睡的易天爵，悄悄竖起了耳朵。

"什么是伦理委员会？"柳嘉郁闷地问。

"相当于龙巢基地的'教导处'。"戚梦萦示意柳嘉坐回座位上，"不管怎么样，掌握各种知识，对预备级狩梦人而言，是有备无患的。别忘了，你爸爸还在等着你去解救，八爪者！"

柳嘉满脸沉痛，过了半晌才回过气来，懊恼地低下了头。

"你说得对，我爸爸还有戚灵珊阿姨、星无云叔叔，现在都被困在 S 级梦魇灾难里，如果不抓紧的话……"可当他看到面前的作业，刚点燃的斗志立刻消散了一大半。柳嘉暴躁地用力揉着乱蓬蓬的头发，大声号叫起来，"可是这些作业这么难，我真的不知道该怎么做！谁能帮帮我啊！"

戚梦萦叹了口气，目光中透着恨铁不成钢的无奈。

只见柳嘉的眼睛突然一亮，脸上露出恍然大悟后得意的笑，他环顾四周，飞快摁下了乾坤手环的视频通话键，没几秒，表盘上出现了罗西慵懒的脸。

"罗西，你现在有空吗？"柳嘉将脑袋凑到手腕边，悄声问。

"没空。"罗西托着腮帮，潇洒地转了一下手中的圆珠笔。

柳嘉的表情十分生动，嘴里不知道嘟嚷着些什么。

"新发明的口哨语？"罗西挑了一下眉毛。

"我是说，我和易天爵要补作业，你能不能……"

"你是说，这种东西？"罗西举起一本金色的小册子，上面赫然印着一行红色的大字——早川学校习题册。

"难道你也？"柳嘉倒吸一口凉气。

"嗯哼。"罗西眨了眨蓝灰色的眼睛，懒洋洋地耸耸肩膀，"聪明的大象偶尔也会斗不过刁钻的老鼠。"

"罗西！不许开小差！这已经是被你气走的第37位数学老师了，不把作业完成，不许去参加狩梦人训练！"

手环里突然响起罗飞院长气急败坏的怒吼，柳嘉吓得差点儿摔下凳子。仍在教室里的学生们纷纷好奇地朝他望过来。

戚梦萦幽幽地瞪了他一眼，柳嘉赶紧把手环藏在桌子底下。

关闭视频通信前，罗西用圆珠笔飞快地在手心里写下几个字，亮给柳嘉看了看：认命吧！

罗西的影像消失了。柳嘉哭丧着脸，看来没救了。

他悲凉地转过头向戚梦萦寻求帮助。

戚梦萦翻了个白眼，并没有理他。

果然大象的智商有时候也和老鼠差不多。

这时，她发现易天爵正努力用一卷透明胶带，将九支铅笔缠成一排。

"你在干吗？"柳嘉凑过去好奇地问。

"指力修炼，看我的'九齿钉耙'。"易天爵一本正经地解释，专注地用中指和食指夹着像栅栏一样的九支铅笔，在作业本上歪歪扭扭地写起来。

不一会儿，九行长得一模一样的字赫然出现在了纸面上。

"戏猴者果然不同凡响！"柳嘉一脸崇敬地望着易天爵坚毅的面容，因为以他的实力，只能制作个"三叉戟"。

戚梦萦看着仍在不停闹腾的柳嘉和易天爵，无奈地摇了摇头，一直盘旋在心中的忧虑被打消了大半。

这样的柳嘉真的会黑化吗？恐怕是爷爷和祁莲秘书多虑了吧。

即使他走上了 0 号实验体的道路，大概率也是个吊车尾的，即便竭尽全力搞破坏，实力也不足为惧。

乾坤手环微微震动，执行任务的时间到了。

戚梦萦背着书包，独自离开了教室，身后响着柳嘉和易天爵的大呼小叫声，她全当作耳边风，完全没有搭理。

夕阳斜倚在校园天空上，将云层渐染成一片猩红。

道路两边光秃秃的枯树枝，就像鬼魅干枯的手指，不怀好意地指着危险所在的方向，那里有普通人看不见的东西。

戚梦萦面色从容地朝羽毛球馆走去，但心中却有着少许忐忑。

"待会需要清除的，是肮脏的老鼠吗？"有个声音在她心底小声询问着。

这个声音很快便被抹去了，一个更为强大的声音在脑海中轰然回响："与幻象病毒之间的战斗，不容有丝毫疑虑。成败就在顷刻间。"戚梦萦的目光重新变得坚定，加快脚步朝前走去。

当她来到羽毛球馆门口时，阵阵喝彩声传入了她的耳朵。

"敏儿太厉害了！"

"果然是羽毛球小公主，那技术可不是盖的！"

戚梦萦朝里望去，只见黎敏儿正在和羽毛球社的一名女生较量，双方你来我往，打得热火朝天。有了围观人群的助威，再加上黎敏儿原本出众的技术，她此刻压倒性地占据了上风，兴头十足。

只是，此时戚梦萦的注意力并不在黎敏儿身上。

她站在人群中，神情警惕地四处观察，寻找着球馆里不同

寻常的异动。

戚梦萦从小被各种可怕的梦魇困扰，因此对异常气息极端敏感。

她能清楚地感觉到，在羽毛球馆的热闹喧哗之下，有一丝诡异的气息正在空气中窜动，就像是飞虫触碰蛛网发出的弹拨之声，又像是毒蛇在草丛里如水流般游走。

这里很危险，必须尽快让大家离开。戚梦萦快速穿过人群走到了赛场中间。

"黎敏儿同学，请你和其他同学马上离开球馆。"

黎敏儿停下了手中的动作，冷冷地瞪着戚梦萦。

"你说离开就离开？凭什么？就因为你是戚梦萦吗？"

"戚梦萦，你怎么能这么霸道？"

"这球馆又不是你家盖的！"

与黎敏儿要好的几个女生，在一旁大声斥责戚梦萦。围观的人群也都纷纷低声议论，对戚梦萦指指点点。

戚梦萦有些无奈地轻叹了口气，但语气却丝毫不让。

"请你们离开，原因无可奉告。"

"戚梦萦！"和黎敏儿最为要好的牛美丽，恶狠狠地走到戚梦萦的面前，她是排球社的主将，壮得像一座桥墩，"别以为有了点儿人气，就可以飞扬跋扈！想独占这间球馆，先问问我牛美丽同不同意！"

戚梦萦淡淡地瞟了一眼牛美丽，大脑飞快运算出结果：在不使用精神能量的情况下，胜率95%以上。

"等等。"黎敏儿走上前来，伸出手拦住气势汹汹的牛美丽。

"戚梦萦，想要我们离开球馆也可以。不过，你要和我比一场球。如果你赢了，我们就撤。但如果你输了……"她的嘴角露出一个坏笑，"你以后不许出现在明德校园。"

围观的同学们一片哗然，议论纷纷。

"这个赌约太大了吧？"

"戚梦萦有必要吗？"

"我同意。"戚梦萦果断的回答让所有人都吃了一惊，黎敏儿也不例外。

"那，那好。"黎敏儿突然有些心虚起来，"一局定胜负，我可没时间和你磨叽。"

比赛开始。

场地中央，戚梦萦像一只灵巧的燕子腾空跃起，修长的手臂优雅地挥动着羽毛球拍，一记漂亮的扣杀，瞬间引爆全场。

而她对面，明德学校羽毛球社曾经的骄傲，现在成了"下课

天后"。黎敏儿满头大汗、气喘吁吁，她为了救刚才的扣球，使出了浑身解数。

接下来的几个回合里，戚梦萦完全占据主导地位。

黎敏儿左扑右挡，根本招架不住。

就在酣战之时，戚梦萦眼角的余光捕捉到一只硕大的灰皮老鼠，正从围观人群的脚边探出了头。

它嘴角淌着湿答答的口水，一双涨红的眼睛向外凸出，正死死地盯着黎敏儿！

不好！戚梦萦在心里拉响警报。

然而黎敏儿和其他人完全没有察觉到危险。

黎敏儿见戚梦萦有些走神，眼珠一转，指着场馆门口喊："大话精和霸王龙来了！"

正腾空跃起的戚梦萦愣了愣，扭头朝场边看过去，手臂却惯性地用力挥出——羽毛球不偏不倚地砸到了黎敏儿的眉心。

"啊！"黎敏儿大叫一声，跌坐在地上。

场边几个女生立刻一拥而上，扶住跌坐在地上的黎敏儿，大声斥责起戚梦萦。

围观的人群也都对戚梦萦埋怨起来。戚梦萦没有理睬周围人的责怪，她打量着黎敏儿，发现她的脚踝正在流血！

不仅如此，黎敏儿坐在原地一动不动，目光呆滞地看着前方的虚空，五官因为惊恐而扭曲，不论周围的人怎么叫喊，都毫无反应。

看来她被刚才那只老鼠咬伤了。这是典型的感染梦魇瘟疫初期的反应！如此说来，那只灰皮老鼠，应该就是梦魇瘟疫"鼠

疫"的感染源。

戚梦萦立刻四下寻找，果然不出她所料，刚才那只灰皮大老鼠，正狡猾地躲藏在人群外，静待下一次猎食的机会。

她即刻启动乾坤手环的透视模式，两道银光飞快地掠过眼前，一瞬间，羽毛球馆消失不见了，眼前的景象令戚梦萦倒吸一口凉气！

在戚梦萦的周围，是一片又一片的灰色鼠群，它们填满了整个坍塌荒芜的城镇废墟。天空黑暗无光，猩红的火焰和灰黑色的浓烟笼罩着大地。老鼠们吞噬着垃圾，发出欢愉的声音。

城镇曾经的主人们，如今成了鼠群的奴仆。

几个勉强还活着的人类，正步履蹒跚地游荡着。他们面容憔悴，双目无神，头发稀疏，皮肤如同泥灰般毫无血色，嘴唇粘满了黑色的泥泞，裸露的皮肤上爬满了苍蝇和小虫……鼠群对着他们发出贪婪的尖叫。这些人丝毫没有反抗的意识，似乎已经彻底接受了最终的命运。

戚梦萦发现，黎敏儿竟然也在这群人中。

她穿着一条漂亮的蓬蓬裙，但裙摆却被灌木和鼠群撕成布条，稀疏的黑发凌乱地披散着，麻木不仁的脸上，目光正在一点点失去神采。

不仅如此，她的嘴唇向外裂开，露出了白色的尖牙和鲜红色的牙龈，眼睛向外凸出，并且变得越来越大，瞳孔闪着红光，就连双手也正在异变成尖锐的利爪。

黎敏儿正在变成一只巨大的鼠人，属于人类的意识逐渐消

退。忽然间，她如同野兽般龇牙咧嘴，疯狂地挥舞利爪朝戚梦萦抓了过来！

戚梦萦丝毫没有退缩，她身姿轻盈地躲过黎敏儿的攻击，从口袋里拿出一瓶黄色的药剂，趁黎敏儿不备，将药剂倒入了她的口中。

黎敏儿的瞳孔顿时放大，发出令人同情的惨叫声！

在这一阵尖叫声中，被黑暗笼罩的城镇废墟，还有那些游荡的镇民，全都化作了泥土，将地上的鼠群掩埋，然后消失不见了。

眨眼间，羽毛球馆的灯光重新照在了戚梦萦的脸上。

戚梦萦眨了眨眼睛，朝坐在地上的黎敏儿看去，发现她的脸上渐渐有了血色，表情如噩梦初醒般惊恐。

周围的同学都被黎敏儿刚才的惨叫吓了一跳，面面相觑。

"敏儿，你没事吧？"牛美丽担心地问。

"没，没事……"黎敏儿跟跟跄跄地从地上站起来，嘴唇微微颤抖着，"戚，戚梦萦，你刚才来这里之前，我已经打了好一会儿球，所以才会摔倒，并不能说明你赢过了我！"

牛美丽等人立刻七嘴八舌说起黎敏儿的辛苦，其他同学纷纷表示赞同。

"不过，"黎敏儿不服气地瞪着戚梦萦，"我愿赌服输。今，今天这个球馆，就先让给你！"

"敏儿——"

不等周围人回过神，黎敏儿便已经甩着马尾辫，快步冲出了羽毛球馆。她的好姐妹们也跟着一起离开了。

围观人群见没有热闹可看，就一哄而散。

直到最后一个人离开羽毛球馆，戚梦萦才长长地舒了口气。

刚才黎敏儿差一点儿感染了梦魇瘟疫，若不是有博古医生研制的瘟疫早期治疗药剂，后果不堪设想。

戚梦萦轻轻活动了一下有些发酸的手臂，左右张望了一下。现在就只剩下"鼠疫"的传染源了。

她再次启动了乾坤手环的透视功能。

羽毛球场里的灯光暗淡了下来，四周变得漆黑，伸手不见五指。有什么东西正在周围的黑暗中，窸窸窣窣地涌动着。

戚梦萦轻声吟唱，手心里燃起了一团火焰。

她借着火焰的橙色光亮，发现自己正站在一个阴暗潮湿的下水道里，在她的周围，鼠群如潮水般涌动着，老鼠们的眼睛里闪烁着凶残的红光，尖利的叫声和苍蝇的嗡嗡声，让她感到头皮发麻！

不过，鼠群似乎惧怕火光。

每当有老鼠攻击过来，戚梦萦便挥动手中的火焰，老鼠们害怕地尖叫着，恼怒地退回到鼠群中。

周围的灰皮老鼠数量太过庞大。但戚梦萦很清楚，它们都是"瘟疫传染源"引发的幻象。只要消灭领头的老鼠，就能清除瘟疫传染源，解除危机。

戚梦萦一边用火焰驱散想要朝她进攻的老鼠，一边在鼠群中认真地搜寻着。

她只有一次机会，因为在火球脱离手心的一瞬间，老鼠们必定会朝她蜂拥而来，如果不能命中作为"传染源"的那只老

鼠，她就会被老鼠们吞噬。

虽然作为 7 号实验体，她对这类级别不高的瘟疫灾难接近免疫，但失败依然会让她遭受一定的伤害。最重要的是，她不允许自己输。

戚梦萦的目光扫过鼠群，最后锁定在最大的那只灰皮老鼠身上。那只老鼠也极其警惕地盯着戚梦萦，眼神中带着浓浓的敌意。

是它。戚梦萦的内心异常笃定。

她微微皱起眉头，与灰皮老鼠紧张地对视着，因为双方都知道，下一个动作，就会决定胜负。

戚梦萦忽然目光一凛，以迅雷不及掩耳之势，将手中的火球发射了出去。失去了火焰的保护，鼠群立刻尖叫着疯狂朝她涌来！

戚梦萦惊恐地睁大眼睛，她的视线穿过黑压压的鼠群，紧盯着正在半空中飞行的火球。

灰皮大老鼠死死瞪着离它越来越近的火球，拔腿就想要逃走！但它万万没想到，火球在空中突然加速，瞬间击中了它的腹部！

鼠群在即将吞噬戚梦萦的瞬间，化作了一片黑色的灰烬，纷纷扬扬地在空气中飘散开去……

四周安静下来，灯光重新变得明亮，幻象消失了。

戚梦萦站在羽毛球馆中，大口地喘着粗气。

她用手背轻擦了一下额角的汗珠，朝场馆的一个角落看去。梦魇瘟疫的传染源——那只灰皮大老鼠，此时正一动不动地躺在

地上，没有了气息。

戚梦萦走过去用乾坤手环拍摄了几张灰皮老鼠的照片，准备上传给博古医生，作为任务结束的记录。

就在这时，她听见了几个细小的声音，从墙角的方向传来。

戚梦萦抬头看去，发现有三只刚出生不久的小老鼠，正缩在墙角的一个小洞里，悲伤地叫唤着，毛茸茸的小身体瑟瑟发抖。

看来，它们是这只灰皮大老鼠的孩子，戚梦萦忽然感到有些悲哀。

到底是谁让这只老鼠妈妈成了梦魇瘟疫的传染源？若不是这样，它也不至于惨死。而且根据她的推测，这几只小老鼠很有可能感染了它们妈妈的梦魇瘟疫。

要把小老鼠也清除吗？

戚梦萦捏紧了拳头，心里矛盾极了。它们那么小，目前根本检测不出是否已经被感染。况且它们那样柔弱，能造成什么危害呢？

不知为何，她的脑海中突然闪过了柳嘉的面容。

戚梦萦轻轻地叹了口气，凝望着那几只小老鼠，希望它们能平静地度过这一生。万物皆有灵，生命本身并不是罪恶，不是吗？她想着，转过了身，朝羽毛球馆的门口走去。

鲜红的夕阳正缓缓地没入地平线。

此时，同学们大多数都已经放学回家了，校园里渐渐地安静了下来。柳嘉和易天爵像泄了气的皮球似的，颤抖着酸软的右手，将书包艰难地背上肩膀，一前一后地离开教学楼，往校门口走去。

至此，柳嘉再也不相信拉风的《超能小英雄》了。

那部动画片里，超能小英雄可以用意念瞬间完成作业，然后忙着到处拯救世界，潇洒帅气、走路带风，哪像他现在这样委屈狼狈。不过话又说回来，人在倒霉的时候有个伴儿，比一个人强多了。

两人边走边探讨着神器"九齿钉耙"和"三叉戟"孰优孰劣。当他们快到校门口时，一阵议论声突然传入了他们的耳朵。

"戚梦萦还真厉害！羽毛球小公主都不是她的对手！"

"可惜她不愿意加入咱们社团。"

"毕竟一山不容二虎吧。"

"他们在说戚梦萦？"柳嘉转动僵硬的脖子朝旁边看去，发现是羽毛球社的两名成员，正背着球拍和书包感叹。

"哼，那家伙，就会点儿写作业的三脚猫功夫，而且还不讲义气。"易天爵不以为然地冷哼。

"那可不一定。"柳嘉摇了摇头，"我听说，戚梦萦的羽毛球技术可以媲美青少年职业队！不过她不是拒绝了羽毛球社的邀约吗，为什么会突然跑去打球？"

"你们在聊什么？"戚梦萦的声音突然响起。

柳嘉和易天爵都吓了一跳，转过身看去，戚梦萦正逆着夕阳的光线站在他们身后。

红色的光线勾勒出她精致的轮廓，乌黑的长发在微风中轻轻飘动，秀丽的脸上泛着晶莹的汗珠，如湖水般清澈的目光看起来有些疲惫，却令她多了几分温柔。

柳嘉的心微微一颤。一个直觉仿佛从遥远未来穿越而来，叮

嘱他好好地记住，此时此刻戚梦萦如梦般美丽的模样。这也许会成为他未来永远怀念的画面。

"有话就说。"易天爵有些不耐烦。

戚梦萦缓缓举起了手腕，乾坤手环正在微微闪烁着光亮。

"龙巢基地正在召唤狩梦人。"戚梦萦轻声说道，目光从容而坚定，"第二代狩梦人第一小队——我们又要出发了。"

第二幕 结束

 第三幕

虚拟异象视界

一刻钟后。

一辆白色电动医务车悄悄驶入学校的僻静处。

柳嘉志忐地跟在戚梦萦和易天爵身后，再次踏上了未知的征程。

医务车抵达天台山综合疗养医院时，天色已近全黑。

在乾坤手环的指示和戚梦萦的带领下，一行人穿过老院长办公室的重重禁制，登上金色电梯，来到了永眠墓地。

刚到永眠墓地"梦域训导室"的门口，他们就遇见了双手插兜、缓步走来的罗西。

"哟！"罗西穿着一件浅蓝色的粗针毛衣，踩着一双白色漫

步鞋，灰色牛仔裤的裤脚被高高卷起，他远远地冲着三人潇洒地挥了挥手，"战况如何？"

只有柳嘉明白，罗西指的是补作业这件事。

"心态崩了……"柳嘉双手捧着脸惊恐万状地惨叫道，"这周布置的作业比上周的还要难，罗西你快帮我和易天爵想想办法，下周再完不成，估计就要出大事了！"

"嘶。"易天爵牙疼似的咧着嘴角龇了龇牙，看着罗西又补了一句，"不用找他！我有'九齿钉耙'在手，就算作业再多一倍也不在话下。"

"你们不觉得，只要认真听课，作业其实没那么难吗？"戚梦萦难以理解男生们的想法，在一旁皱紧眉头摇头叹气。

梦域训导室门外是一条印刻着星辰图案的原石走廊，五扇厚重的雕花大铁门镶嵌在大厅雪白的墙面上。

他们接下来要进入的，是大厅左侧的第二扇门。戚梦萦将手掌搭在门口罗马柱表面一颗凸出的水晶球上，大铁门缓缓地滑向了一边。

一行人鱼贯而入，但令所有人震惊的是，当他们走进房间，竟像是回到了幽伶花园！

大铁门在他们进入后无声地关闭，继而消失。空气中十分寂静，只有大片高大的人脸植物，在光线阴暗的花园里窃窃私语。

"我不是在做梦吧？"柳嘉闭上眼睛用力摇摇头，他怀疑自己是不是做作业做得头晕眼花了。

戚梦萦表情淡然，对眼前的一切似乎毫不在意。

看到易天爵警惕地握紧拳头，罗西不以为然地翘起了嘴角。

罗西掏出口袋里的比比怪味豆，一颗扔进嘴里，另一颗朝正前方一团模糊的黑影扔了过去。

"雪狼者，训导室里不可以乱扔食物。"

一个严厉的声音让柳嘉和易天爵吓了一跳，黑影像接触不良的电视上的画面那样闪动了几下，最后现出一个椭圆形黑洞。戚梦来院长和博古医生、祁莲秘书从黑洞里接连走出，站在他们面前。

"这里是训导室？"

柳嘉看着黑洞飞快向中间缩小然后消失，突如其来的惊吓让他清醒了许多。

"这里是梦域训导室的虚拟异象视界。"祁莲秘书不悦的脸绷得像鼓面一样紧，"利用魔法影像技术，可以在密闭空间内还原存储在乾坤手环里的狩梦人在梦域碎片中的动作，进行实战分析和总结——这些仪器非常昂贵。"说到这里，祁莲秘书瞪了罗西一眼。

"孩子们，又见面了。"戚梦来院长顽皮地挤了挤眼睛，和蔼地微笑着说，"完成上一次梦域碎片任务后，你们一定有许多的疑惑。譬如，为什么你们会被缝合怪和飞天猩攻击。"

"因为我们激发了残暴模式梦魇。"戚梦萦低声回答，"梦域碎片共有 A 至 E 以及 S 六个等级。每个等级又分别有安全、恐惧、残暴三个模式。如果强行改变梦域碎片中的关键人或物的发展轨迹，就会被梦域碎片排异，导致梦魇灾难升级。"

博古医生赞许地看向戚梦萦，微笑着点了点头。

罗西吹着口哨，扬眉看了一眼总爱抢答的戚梦萦，易天爵

眉头紧皱，柳嘉则心虚地吞了吞口水。这些内容博古医生在课堂上应该都说过，不过显然他已经忘得差不多了。

"答得很好，智火者。"戚梦来院长点点头，看了看其他三位狩梦人，"知行合一。有些知识确实很难直接从字面上理解。因此，我们开启了虚拟异象视界，给大家做个简单讲解。"

戚梦来院长笑了笑，轻轻摁了一下自己左腕上的乾坤手环，半空中投影出一面红色的光影圆盘。

"来看 E 级梦域碎片的三个模式。"

他敲击了光影圆盘上的几处按键，房间内幽伶花园的魔法影像立刻像河水一样流动起来。

当影像再次静止，他们看见一个立体影像的"罗西"正拿着铁锹，蹲在地上给一朵马蹄莲"松土"，"柳嘉"和"戚梦萦"站在他旁边，惊慌失措地东张西望——这一幕和当时他们在梦域碎片里的情景一模一样！

"乾坤手环会记录你们在梦域碎片里的定位和实时影像，并存入梦域碎片档案库。"戚梦来院长审视着神色讶异的小狩梦人，"我和祁莲秘书调取了命名为《幽伶花园》的内容进行了剪辑。你们现在看到的是教学模式，过后我会展示实战训练模式。"

"我只需要实战训练模式。"易天爵显然没什么耐性。

"没有理论知识，只能逞匹夫之勇。"戚梦萦看了他一眼，幽幽地说。

"喊，"易天爵郁闷地咧了一下嘴，"我不听你的命令。"

"咳咳！"博古医生清了清嗓子，提醒所有人集中注意力。

戚梦来院长不疾不徐地说："安全模式下，梦域碎片中的原生物会自动将你们视为同伴，不会进行攻击。"

这时，立体影像里马蹄莲开始对用铁锹扎痛它的"罗西"破口大骂起来。

"真可惜，只差一点就挖出来了。"罗西吹了一下遮住眼睛的碎发喃喃自语道，说完后再次朝嘴里扔进一颗怪味豆。

"恐惧模式里，原生物会判定狩梦人是入侵者，开始进行反制，理论上不会造成重大伤害。"戚梦来院长继续讲解，举手投足之间，周围影像随之流动——一条巨型蜈蚣突然出现，朝柳嘉冲了过来。

"妈呀！"

柳嘉吓得转身就想逃，却被易天爵牢牢拉住了手臂。

戚梦萦指了指被巨型蜈蚣追得夺命狂奔的四个清晰影像："另一个你已经在逃了，这只是影像。"

柳嘉这才捂住激烈起伏的胸口，慢慢平静下来。

老院长敲击了一下光影圆盘，影像定格了。

此时的"柳嘉"正好踩在自己散开的鞋带上，身体向前倾斜悬浮在半空中，一副涕泪横流的惨状。

"大话精，你太逊了。"易天爵不屑地龇了一下牙。

柳嘉郁闷地噘起了嘴嘟囔："只会拿我开涮。"

"在这个模式下，巨型蜈蚣对你们的伤害会造成轻度疼痛感，相当于被蜜蜂叮咬。对狩梦人的生命体征没有任何损害。"戚梦来院长继续说，"但如果进入了残暴模式……"

影像继续播放，最后定格在戚梦萦的脚被胡萝卜人的"自

残术"变成了树根的时刻。

"残暴模式中，狩梦人疼痛感最高为扭伤，对狩梦人的生命体征有轻微伤害。如果执行 E 级梦域碎片任务失败，将会昏迷 3 至 5 天。其间，大脑会有晕眩、灼烧感，梦域记忆会被消除绝大部分。虽然不会严重损害身体健康，但醒来后，对再次进入梦域碎片会极为恐惧。"

这时，魔法影像切换成费思园长别墅的迎宾大厅。

柳嘉看见母亲崔如意正躺在大厅中央的水晶棺里。而影像中的"柳嘉"正举起一个高脚杯，朝胡萝卜人砸了过去。

老院长淡定地站在乱成一团的别墅大厅影像中央，"缝合怪们"旁若无人地在他和博古医生的身上穿来穿去，看上去诡异极了。

"解救崔如意女士的正解——"老院长不紧不慢地说，"崔如意女士即使喝下液体变成了人脸花，在聚会结束后，对她进行

扫描也可以解救成功。E级碎片毒药对崔如意女士造成的精神创伤最大值不会超过1%。"

"因此，时刻保持冷静与理智是狩梦人的必备素质。"老院长深深地看了柳嘉一眼，柳嘉惭愧地低下了头。

"那夜行者脱离危险了吗？"戚梦萦担心地问，"上次任务结束后，一直没有他的消息。"

"不用担心。"老院长将双手拢在背后，微笑着说，"夜行者经验丰富，E级碎片最多只会对他造成轻微神经创伤。夜行者休息了半个月，已经恢复了。你们很快就会再次见到他。"

戚梦萦松了口气，脸上露出宽慰的笑意。

"夜行者为什么没有脚？"罗西的问题让其他三个狩梦人都睁大了眼睛，好奇地望着戚梦来院长。

老院长摸了摸胡子："等时机成熟，他会亲自告诉你们的。"

罗西表达对于这种"大人式的回答"不满的方式就是——张大嘴，把最后一颗怪味豆扔了进去。

"让我惊讶的是，你们比上一代狩梦人更早领悟了梦域技能。"戚梦来院长敲击了一下红色光影圆盘。

这时，周围的魔法影像又如旋涡般扭动起来。

恢复平静后，众人看见趴在水晶棺旁的"柳嘉"突然隐匿在黑雾里；"罗西"的手心冒出淡蓝色冰雾；"戚梦萦"用手指划过地面，升起一道鲜红的火墙；而"易天爵"的肌肉则迅速胀大，攻击力强化了十倍。影像最后定格在"易天爵"将飞天猩臭牙打翻在地的画面。

"嘿，帅呆了。"易天爵终于咧嘴笑了起来，对影像中自己

的表现相当满意。

柳嘉张大嘴巴看着这一幕，感觉太不公平了！

"永眠墓地的研究员们，在对一代狩梦人梦域技能全面分析后，设定了各位技能的学名。"

四位狩梦人影像的头上，分别闪现出一行蓝色的字：柳嘉是"朦胧术"，戚梦萦是"火墙术"，罗西是"冰霓术"，易天爵则是"巨猿术"。

"狩梦人总共能领悟多少种技能？"罗西看上去不太反感自己技能的新称号。

"目前的最高纪录是五种，"戚梦来院长回答，目光转向了柳嘉，"纪录创造者是你的父亲——'鹰眼'柳真夜。"

柳嘉惊讶地瞪大了眼睛，自豪地瞟了一眼罗西和易天爵，心却怦怦地剧烈跳动起来。

"另外，'铁臂'和'冰眸'也都领悟了四种技能。"戚梦来院长说，"这也是非常了不起的成就。"

戚梦萦目光微动，淡漠的眼神变得忧郁。

柳嘉担心地看着戚梦萦，猜想"铁臂"和"冰眸"大概就是她父母的狩梦人代号了。

"最重要的提醒，总是在末尾。"老院长的声音变得低沉，"在幽伶花园这个梦域碎片里，你们所看到的光球叫作'筑梦珠'。"

魔法影像随着老院长的话变换成"柳嘉"拿起黑色光球，准备砸向地面的那一瞬间。

"筑梦珠是制造梦域碎片的核心，正常情况下，很难被发现。"戚梦来院长走到影像中"柳嘉"的旁边，凝重地看着那一颗

冒着黑气的光球，"但这颗是被感染了的筑梦珠，我们称之为'梦魇噬魂珠'，它是由一个神秘组织所培育的。不出意外，上一代狩梦人遇难，与它有必然联系。"

戚梦来院长顿了顿变得有些沉重的语调，转身再看向四位新生代狩梦人时，表情异常郑重。

"在未来的任务中，如果发现梦魇噬魂珠，要尽量将它封印起来。只有这样，才能从根本上消除梦魇噬魂珠操控的梦域碎片，阻止它继续危害其他人。"

"请问封印的道具……"戚梦萦问。

"我已经交给了夜行者，他会放置在你们的船上。"戚梦来院长回答完，朝祁莲秘书点了点头。

祁莲秘书领命走上前："给各位预备级狩梦人准备的实战训练安排在本周末。"

祁莲秘书表情严肃地巡视了一遍眼前的狩梦人。

这时，红色光影圆盘闪烁了起来，一块宽屏影像荧幕浮现在四人面前——一位女警来到了废弃的商业街，当她进入14号店铺后，屋子里闪过一道红光，女警胸前的警徽突然炸裂，然后昏倒在地上。

"是孟鹿警官……"戚梦萦轻轻地皱了皱眉头。

"这是一个 E 级梦域碎片。"博古医生扶了扶眼镜，影像荧幕里的画面转变为一张张复杂的数列图表，"分析完这个梦域碎片的各项引力波动指数后，我认为非常适合现阶段的各位去挑战。"

"本次任务预知信息关键词与'刀锋'与'莲花'有关，包

括女警孟鹿在内至少已有 12 名受害人被困在这个梦域碎片里无法醒来，可能的话，请大家尽量解救。最后强调一句，任何调查、救援活动请尽量在梦域碎片的安全模式下进行。"

柳嘉与三位同伴交换了一下紧张而又兴奋的目光。

"超能小英雄，绝不辱使命。"柳嘉自信地笑着，对自己竖起了大拇指，要论安全模式，他可从没怕过谁！

—— 第三幕 结束 ——

如河驶流，往而不返……

与雾莲街
诡眼蜘蛛

ACT
04

 第四幕

无影码头

时间在期待中过去，周五放学后，舅舅如约带柳嘉来到天台山综合疗养医院，探望在这里调养身体的崔如意。

上次任务结束，离开龙巢基地时，戚梦来院长曾严肃地叮嘱柳嘉——狩梦人属于龙巢基地的 S 级机密，必须守口如瓶，包括对他的母亲。父亲的事情也暂时不能提及，等到他获救后，再告诉母亲也不迟。

柳嘉郑重地答应了老院长的要求，正因如此，他平时也不能随意到医院探望母亲，以免引起其他人的猜疑。

这一次，崔如意的病情似乎开始逐步好转。虽然她还是经常陷入昏睡，面容却渐渐恢复了血色，柳嘉为此很是欣喜。

到了周六上午，柳嘉和易天爵、戚梦萦再次乘坐专车来到龙巢基地的永眠墓地。

月灵顶上的空气格外寒冷，一个机械的声音在上空回旋。

"第二代狩梦人，全体到达。"

"请就位3、4、7、100、101号跃迁舱。"

柳嘉看见同伴们纷纷站在了各自的跃迁舱前，便停止了胡思乱想，忍着寒冷钻进了3号跃迁舱下的准备室，开始更换银色制服。

这已经是柳嘉第二次进行正式的灵魂跃迁了，可是心脏仍然像鼓槌一样突突突地敲击着胸口。

"周末愉快，八爪者。"幻影-27向柳嘉打招呼。

"谢谢你，幻影-27。"柳嘉紧张的情绪突然缓解了不少，"多亏你，上个周末我过得很愉快。"

"不客气，举手之劳。"幻影-27回答。

这时，跃迁舱白金色的墙面上隐约浮现出一幅光影地图——在一段绵延的山峦之间，坐落着一片繁华的街市。

"本次任务关键词为'刀锋'与'莲花'，这是从受害人脑域最新扫描出来的影像。任务用时为15天，任务等级：E。"

"如果超过了15天，会怎么样呢？"柳嘉一边戴上天使之环，一边好奇地问。

"目前，您仍是预备级狩梦人，处于特训阶段，如果超越时限，为保证安全会被强制遣返。"幻影-27耐心地解释。

"灵魂跃迁，编号1290全体就位。"准备室内响起了机械的声音。

柳嘉全副武装地站在准备室中央，按照幻影-27的引导，逐步活动调节身体。10分钟后，柳嘉感觉自己变成了一个氢气球，身体慢慢悬浮上升，没过多久便飘进透明跃迁舱内。舱内十分柔软温暖，让柳嘉不自觉地放松下来。

他的同伴们——戚梦萦、罗西和易天爵还有夜行者，也都已经在各自的跃迁舱里就位了。夜行者仍然与上次一样，裹着黑斗篷，蜷缩在跃迁舱的圆球里。

"月能柱开始充能——灵汐储备10%，20%……"

"各机组运转安全报数——运转正常——"

"5分钟后启动灵魂跃迁程序——"

"开始准备倒计时——"

随着一阵阵紧张的报数声和轰鸣的巨响，灵魂跃迁的倒计时开始了。柳嘉闭上眼睛悬浮在跃迁舱中，慢慢地旋转，耳边再次响起了那一曲空灵悠扬的音乐……

"4——3——2——1——"

"灵魂跃迁——开始——"

"记录坐标1013.92.395.77.0607——"

"灵魂逆流河——无影码头——"

当一阵细小的嗡嗡声在跃迁舱内响起时，壮丽的银色光雨再次从天而降。柳嘉感觉自己的身体犹如一滴露水，悠悠地被一团柔软而又舒适的银光包裹起来，从天空中飞速下沉，坠入温暖的水流中后，又像气泡般缓缓升起，飘逸四散。

意识渐渐变得清晰，柳嘉仍然死死闭紧双眼，在心底不停地警告自己：不要睁眼！不要睁眼！他可不想再像上次那样，

被奇怪的水柱撞飞，然后被同伴们冷嘲热讽了。

"嘿，小章鱼，已经到了，还想赖床？"

柳嘉感觉肩膀被人推了又推，他试探着睁开了眼睛——在破破烂烂的黑色斗篷里，一双古铜色的眼睛正俯视自己。

柳嘉惊吓得就地一滚坐了起来，"黑斗篷"低笑一声飘开了。

这是一个窄小的木码头，光线昏暗，正笼罩在深幽浓重的蓝雾下。不远处，罗西、戚梦萦还有易天爵正站在浓雾中，像三个鬼影。而刚才的黑斗篷——夜行者，也幽幽地飘了过去。

"我们到了吗？"柳嘉不安地问。

"这里就是灵魂跃迁的目标登陆点，灵魂逆流河上的无影码头。"戚梦萦淡定地回答。

"哼。"易天爵叉着腰，毛躁地东张西望，"这么奇怪的雾，这里应该叫'鬼影码头'。"

柳嘉扇了扇眼前的蓝雾，隐约看见在码头边有一块粗糙的石碑，下面有一截长着尖刺的树桩，石碑上刻着几行银色的奇怪字符。

"那上面写的是什么？"柳嘉好奇地问。

"如河驶流，往而不返；人命如是，逝者不还。"戚梦萦站在石碑前喃喃道，"这是一种古老的文字，我在《梦域符号学》中看到过。"

"你懂的还真多，智火者。"夜行者不由得赞扬道。

罗西"钦佩"地吹了一声口哨。

"这是很久以前，一位古代修士湮灭在逆流河时留下的偈语。你们仔细看清楚，据说这其中蕴含着一个惊天大秘密。"夜

行者声音低沉，像极了远处传来的钟声。

"别磨磨蹭蹭的，船呢？"浓密的大雾让易天爵烦躁不安，他简单粗暴地问。

"哼，猴急什么。"夜行者冷哼一声，抖了一下斗篷，一个发光的小物从他黑斗篷的缝隙里被抛了出去，"接好，小章鱼！"

柳嘉急忙接住，定睛一看，竟是那条帆船项链！

柳嘉和三个同伴交换了一个惊异的眼神："这条项链不是已经沉没在上个梦域碎片的海里了吗？"

"鹰眼留给你的船，可没那么容易沉。上次任务结束后，老院长还委托我给船体做了保养呢。小章鱼，你把项链扔进河里，船就能显形出来！"夜行者自信地说。

柳嘉用双手捧着帆船项链，在四位同伴的注视下，小心翼翼地走到码头的尽头。

他的心脏紧张得怦怦直跳。回想起上次在礁石上，正当自己和伙伴们陷入绝境时，这艘帆船像救世之神一般横空出世，浑身闪耀着金芒。而现在，这艘船竟属于他了！

柳嘉的身体里突然充满了力量，腰杆直得像挺拔的苍松。在同伴们期待的目光中，他就像进行加冕的国王，昂首挺胸地慢慢伸出手，让项链轻轻地从手心滑落，跌向水面。

时间过去了一秒、两秒……

"咕噜——咕噜——"

无影码头边的水域开始有了动静。

原本平静的河面翻涌起来，浪花越来越大，仿佛有一头巨兽即将破浪而出。忽然间，一个海豚般灵巧的身影从翻涌的浪花中跳跃出来，在浓雾中惊鸿一瞥之后，重新跌回到了水面上，发出"砰咚"一声巨响。

柳嘉腆着肚子，骄傲地环起手臂，准备接受身后同伴们崇拜的欢呼。

当溅起的水花冲淡眼前的浓雾，跃出水面的帆船显露出来。

"咦？这是——"

柳嘉惊讶地瞪大了眼睛，帆船比他记忆中缩小了不少。曾经傲立的桅杆上打满了黑乎乎的铁皮补丁，雪白的船帆上缝合着各种颜色的破布，有一块补丁竟然还是一只红绿相间的破袜子！涂着浅棕色油漆的船身至少有六个大大小小的破洞，精美雕花的船头缺了一块，整艘船看上去就像是被老鼠啃过的奶酪，坑坑洼洼！

"唉——"所有人期待的目光熄灭了，都摇着头怜悯地看向

目瞪口呆的柳嘉。

只有罗西用令人难以理解的兴奋目光，仔细欣赏着破破烂烂的帆船："哇！这船简直太酷了！"

大航海梦还未点燃，就已经破灭了。柳嘉望向夜行者，眼睛里有两团火在烧。

"夜行者，你是不是弄错了？这可不是我们上次乘坐的那艘船！"

"别急，小章鱼。"夜行者的黑斗篷颤动了一下，不耐烦地说，"上一次这艘船为了救你们，差点儿粉身碎骨，要不是我技术一流，它早就被扔进垃圾堆了。"

"那它为什么变小了这么多？"柳嘉难以置信地继续追问。

"在灵魂逆流河上行驶的船只都是精神能量体。船的精神能量越强大，体形也会变得越大。"戚梦萦冷静地看着柳嘉，"这艘船把我们安全地载出崩坏的梦域碎片，一定损失了不少精神能量，所以才会变成现在这样。"

"好船。"易天爵用力点了点头，"它是我们的救命恩人。"

"你们……唔……"柳嘉沮丧地低下了头，心就像一只被捏紧的柠檬。

看着眼前的破烂船帆，戚梦萦犹豫了一番，从口袋里拿出一枚戒指和一对耳环递给了夜行者。

"哦？这个是？"夜行者激动得呵呵直喘气，"这可是了不得的东西！小章鱼，你的破船有救了！"

柳嘉困惑地抬起头，发现戚梦萦的戒指和耳环竟然和他的项链一样，都有一个帆船坠饰。

  "夜行者，这是我父母留给我的遗物。"戚梦萦的目光留恋地看着饰品，然后吸了口气，用力别过头去。柳嘉发现戚梦萦的身子也有些不受控制地微微颤抖。

  "虽然舍不得，但还是请你用这两件饰品把这艘船修好，这艘船曾救过我，而且……"戚梦萦咬了咬嘴唇，"我有不得不作为狩梦人继续冒险的理由。"

  码头上的沉默维持了足足一分钟，灵魂逆流河涓涓的流水声仿佛是戚梦萦没有说完的话语。

  "放心，交给我！我夜行者，可打造过灵魂逆流河上最酷的船！"夜行者兴奋地收下了帆船戒指和耳环，斗篷拂过有些发愣的柳嘉的肩膀——算是安慰性地拍了拍，然后他跳到船尾，开始做起航前的准备。

  等所有人都登船后，小船扬帆起航了。

  船头亮起了一盏铜吊灯，冷白色的灯光引领着帆船刺穿浓

浓的迷雾，蓝色的雾气在帆船的周围肆意翻涌，就像数不清的凶兽伸出利爪狂舞着想要攻击船上的众人。大家都不由得紧张地看着四面八方，小帆船上的气氛沉闷极了。

"看起来，要下虹雨了。"浓雾中，夜行者喃喃地说。

没过多久，就如夜行者所预言的，一直平静无波的灵魂逆流河突然掀起了巨浪，帆船剧烈地摇晃了起来。

"小家伙们，不想掉下船就给我坐稳了！"夜行者在巨浪拍打的"哗哗"声中大喊。

所有人紧紧地抓住了船沿，柳嘉感觉一阵阵的头晕、想吐。

接下来让他们万万想不到的是，倾盆大雨并没有从天而降，而是从逆流河里升腾直上！

空中浓稠的蓝雾被急速飞升的"雨"冲散了，腾跃而起的"雨"就像银色的线，密密地交织成一片水浪，放眼望去就像是一片银色火焰在风中飘逸涌动，蔓延追逐在看不到边际的灵魂逆流河上。

"这就是书中所说的'浪迹天涯'吗？夜行者！"戚梦萦坐在船头，发丝逆风飞扬，目光炯炯地看向天地之间的奇景。

"没错！"夜行者一边操控船只，一边大声回答。

他的话音未落，一条蓝色的巨鲸突然跳出了河面，从他们的头顶一跃而过。

这条巨鲸几乎有一艘军舰那么庞大，通体透明，发出宝蓝色的莹光，然而最让船上的人震惊的是这条巨鲸透明的肚子里竟然搁浅着一艘断成两截的沉船！船身布满了水藻和苔藓，看上去已经沉没在河底很长一段日子了。

"那是'食船鲸'！"夜行者在大"雨"中兴奋地大喊，"是灵魂逆流河里极为罕见的生物。你们第二次出航就能看到，运气真不错！"

这时，船头向上抬了起来，食船鲸在灵魂逆流河上溅起的水花落下后，一个蓝色的巨大"瞳孔"出现在了"银色虹雨"中。

"瞳孔"的中央是一个圆形的黑洞，而在"瞳孔"的周围，火焰般鲜红的光芒在摇曳跃动着。

"'空墟之眼'到了！坐好喽，小鬼们！"

在夜行者的大喊声中，帆船突然加快了速度，朝空墟之眼正中央的黑洞冲了过去。

"新的任务开始了，你们可别吓得哭鼻子哟！哈哈哈！"

第四幕 结束

第五幕

铁蛤蟆电车

　　穿越惊心动魄的"银色虹雨"之后，帆船跃进了空墟之眼。

　　隧道一样黑洞洞的空间里，阵阵潮湿的风迎面吹来。帆船不疾不徐地向前行驶，所有人都紧张地抓着船帮，盯着隧道的前方，发丝在脑后飞扬。

　　在他们的周围，无数个五颜六色的光点向身后逝去，随着帆船航速渐渐加快，光点变成了光线，最后汇聚成许多道光束，看上去就像夜空中会发光的彩虹。

　　想着即将着陆的梦域碎片，柳嘉紧张地不停吞咽着口水。

　　当帆船驶出了空墟之眼，所有人都忍不住惊呼了一声——空墟之眼的尽头处，连接着一条像心电图一样曲折的陡峭斜坡，斜

坡两侧是斧劈刀削般的悬崖。古旧的红色木柱搭建成的三角尖顶长廊，沿着斜坡向上延伸，最终隐没在地面浮动着的一层淡淡雾气中。

帆船丝毫没有放慢速度，发疯一般朝斜坡上冲去，柳嘉感觉自己的魂魄都已经被撞飞到遥远的天际。没过多久，一座破旧的电车站台在他们眼前不停地接近、放大，在柳嘉的尖叫声中，帆船如同炮弹般用力撞了上去，发出"哐当"一声巨响。

柳嘉像被弹射出去的乒乓球，狠狠地坠落在硬邦邦的地面上——事实上，不仅仅是他，除了夜行者，剩下的狩梦人全都跌出了帆船，趴在水泥地面上啃灰。

如果在现实世界，他们多半已经船毁人亡了！柳嘉郁闷地揉着屁股猜想。当他抬起头，不经意间看见"阵亡"在站台旁边那堆散架的烂木头，顿时胸口像被塞进了一块水泥。

"我的船！"柳嘉悲鸣着两眼一翻，倒在地上"晕"了过去。

"开船技术还过得去。"罗西翻身站了起来，不以为然地拨弄了一下乱蓬蓬的头发。

"可恶，我要撕烂你的斗篷！"易天爵暴怒不已。

易天爵摔得最惨——像一颗果子般五体投地滚过一段不小的距离，直到被站台边的一块站牌卡住才停下——现在他的额头上正顶着一个警灯一般的红包，脸庞因愤怒而涨得通红。

戚梦萦显然也不轻松，她有些恼火地拍打着身上的尘土，正准备说点什么，可当她看见正在承受易天爵怒火的站牌时，立刻冷静了下来。

"雾、莲、街。"戚梦萦读出站牌上的字，再仔细打量着隐

藏在站台下近半人高的杂草丛中的铁轨，"这班电车只有一站。看来，那儿就是我们要去的地方了。"

她的话音刚落，一阵叮叮当当的声音从远处传来。

当大家的视线朝声浪方向掠过去，只见一束刺眼的灯光沿着铁轨拐了个弯，朝他们笔直地照射过来——那是一辆外形像吐司面包般臃肿的红色老式电车。

一颗蓝灰色的机械蛤蟆头悬挂在电车上，至少占据了车头一半的面积。它戴着夸张的黄色弯角帽，脖子上系着一枚黑铁铃铛，看见站台上的众人时，土黄色眼睛的瞳孔缩成了两条黑色的直线。

"欢迎乘坐铁蛤蟆电车！"蛤蟆头伸缩着灰白色的下颚，声音沉闷地说，"战栗理发祭期间，游客一律免费乘车，取票留念！下一站——雾莲街！"

这可真是再古怪不过的电车了！回过神来的柳嘉正好及时拽住了罗西的胳膊，阻止他试图朝蛤蟆头扔去一只背上长蘑菇的大苍蝇的举动。

"你，你们去执行任务。我，我修船……"夜行者站在这条变得愈加破烂的帆船上，声音干哑得像被掐住脖子的鸭子。

与夜行者低声商量后，戚梦萦点点头，率先朝打开车门的电车走去，易天爵跟在她身后，柳嘉竭尽全力拖着对蛤蟆头格外好奇的罗西，硬将他拽上了电车。

顺利取到纪念车票，柳嘉抬头仔细打量车厢的一瞬间，就开始后悔上车了。

在这辆电车唯一的车厢里，到处涂满了鲜红色油漆，加上

车厢顶部橙黄色的灯光，这里看上去就像一个正在运转的烤箱。

画着一把银色大剪刀的海报，横七竖八地张贴在车厢顶上和车窗上，上面写着——

雾莲街"战栗理发祭"，助您创造理想人生。
期待您的光临——"鹤鸣理发馆"。
如梦似幻，从头来过！

不过更令人震惊的是，车厢里几乎已经"人满为患"，如果那些奇怪的家伙，称得上是"人"的话——

一位戴着红黄相间礼帽，脸上画满了五颜六色图腾的深目鹰嘴红胡子老人，正目光锐利地瞪着他们。紧挨着老人的，是一位将整个脑袋包裹在白色"云团"面纱里的女人，她怀里抱着一个破旧旅行箱，正张着一双大而无神的眼睛，透过"云团"中的两个小洞，好奇地打量着他们。

更可怕的是，在距离老人和"云团"不远的座位上，一个长得既像猪又像蝙蝠的矮个子怪物咧着嘴冲他们狞笑，有意无意地露出一口巧克力色的尖牙。而在蝙蝠猪怪的对面，一只差不多有篮球大小的"眼球"，长着巨型壁虎的脖子和身体，正裹在一件黄色的棉睡袍里睡觉。

"不错！这里相当不错！"罗西看起来对这个车厢非常满意。电车启动时，他潇洒地转身，抢先挤在蝙蝠猪怪身边坐了下来。易天爵不甘示弱地冷哼着坐到了"眼球"的右边，绷紧的脸就像一只牛皮鼓。

"入乡随俗。"戚梦萦深吸了一口气，在"云团"的旁边坐了下来。柳嘉环视车厢，已经没有座位了……此时"云团"就像受惊的老鼠，紧张地朝一旁瑟缩着——在她和戚梦萦中间又让出一个小小的座位。

柳嘉看了看戚梦萦的脸色，识相地退后一步，靠门边站着。

"嘿，小伙子，去参加雾莲街的战栗理发祭吗？"

柳嘉转头一看，发现不知道什么时候，一个长着人类身体的青葱人站在了他的旁边，神情忧郁地用绿油油的手，拨弄着他的头发——粗粗的白色根须。

"大概是吧。"柳嘉耸耸肩膀说，"理发祭很好玩吗？"

"玩？不不不，人们慕名而来，都是因为神奇理发师苔德先生。听说任何人被他理过发后，就能过上自己理想中的生活。"青葱先生叹了口气，"唉——只有大人们才懂得生活的艰辛。"

"不过，苔德先生只为被鹤鸣理发馆选中的人和购买了海马票的人亲自理发。""眼球"突然说话了，是一个女低音，"海马票可贵了。至于被选中，我大概也不会有那么好的运气，就只能买张咸鱼票玩玩了。"

"雾莲街的战栗理发祭每年一次，除了雾莲街上的原住民，游客真是越来越多了。"脸上有画的鹰嘴老人满是感慨，"我记得20年前，那里还是一块荒地，自从杜娜夫人开设了鹤鸣理发馆后，就一年变一个样。"

"可不是！听说苔德先生是10年前加入鹤鸣理发馆的。"蝙蝠猪怪声音沙哑地说，"此前的理发师不知为何突然失踪了。"

车上的怪人们越说越兴奋，柳嘉像摇头风扇一样好奇地听

着他们的七嘴八舌，而戚梦萦则一直沉默不语，若有所思。罗西眼睛闪闪发光，不停地观察着车厢里的"人"，好像恨不得把电车上的这些怪人统统缩小，收入口袋。

易天爵却和他相反，微眯着眼睛，紧紧环着手臂，似睡似醒，警惕地注意着周围的动静——柳嘉暗暗猜想，他如果不是在装酷的话，一定是因为发现"眼球"是女生而局促。

电车沿着山坡缓缓下行。青葱先生突然指着窗外，激动地大喊："快看！雾莲街到了！"

柳嘉看向窗外，只见山脚下盘踞着一大片顺着山脊建造的繁华街市。一幢幢造型各异的房屋就像争奇斗艳的花朵，紧紧簇拥在一起，让位于地势最高处的一幢绿顶红墙建筑格外显眼。

一条条红色的灯火仿佛燃烧的溪流，沿着山脚，在雾莲街市中穿流而过，蜿蜒在细密交织的街巷间、宽大的木拱桥上和一片莲花状的湖畔边，看上去壮观而妖魅。

又过了一会儿，电车终于停在一个朱红色的木牌坊前。牌坊后面便是他们的目的地——雾莲街。

"电车——到站——请下车——呃——"在机械蛤蟆拖拖拉拉的声音中，电车上的乘客们纷纷下了车，互相道别后便各自穿过木牌坊走远了。

柳嘉站在木牌坊前好奇地打量着——

红色的牌坊约有两层楼高，横梁上雕龙画凤，有着精致的纹饰。一长串大红色的莲花灯笼悬挂在横梁下方，而牌坊的正中央刻着几个镏金大字——雾莲街市。

"喂，这里。"易天爵站在牌坊旁边的一个木头告示牌前，眉头紧皱地叉着腰。柳嘉和戚梦萦、罗西走了过去，发现告示牌上用黑色的墨汁写着几行字——

令你战栗的难忘体验，尽在雾莲街！

盛大"理发祭"，七日后开锣！

三千烦恼丝，一生欲何求？

鹤鸣理发馆帮您一刀了断！

而在这行字的下面，竟然还盖着许多红色的手印，右下方写着几行歪歪扭扭的字——生人勿入，神形俱灭；断尘理发，有去无还。

柳嘉看着这块有点儿骇人的告示牌，心里直发怵。

"口哨，快看！"罗西轻轻挑了一下眉毛，指着公告栏的下

面，"还有更好玩的。"

柳嘉吓得后退一步，捂着嘴失声叫起来——竟然是一堆外形丑陋的爬虫，在灯笼红光的映照下，身体发出诡异的绿光。

"别怕，它们没有危险。"戚梦萦蹲下身仔细观察，警惕地说，"应该是有人故意放在这里的，以示警告。"

柳嘉这才松了一口气，神情变得更加小心翼翼。

"'刀锋'与'莲花'——也许，雾莲街的鹤鸣理发馆，调查那里能让我们找到一些任务线索。"

"嗯——我们还是得好好地调查一番。"罗西抬了抬眉毛，装模作样地摸着下巴，跃跃欲试的表情让柳嘉产生了不祥的预感。

"少废话，干就完事。出发！"易天爵大吼一声，便率领着狩梦人小队朝后面的街道走去。

当他们穿过牌坊时，头顶镏金的"雾莲街市"四个大字，在暗红色的灯火中闪过一道诡秘的光。

第五幕 结束

看这边!

第六幕

霓虹魅影街市

穿过朱红色的木牌坊，柳嘉和三位同伴走进了雾莲街市。

天色已暗，天空就像一块厚实的黑色帘幕，令雾莲街市上的鲜红灯火，变得更加诡异。

青石板小道两侧，许多造型怪异的店铺挤在古旧的两层或三层楼高的砖瓦房中间，密密麻麻地簇拥着往山坡上延伸。

柳嘉等人警惕地沿着坡道慢慢往上走。

街道上车水马龙，"人"头攒动。果不其然，这里的行人和蛤蟆电车上的一样古怪。除了奇怪的相貌，他们全都顶着千奇百怪的发型：一个站在熟食铺门口和老板讨价还价的年轻女子，脸涂得煞白，额头中央写了一个"沼"字，头发做成了三根烟囱的

造型，正往外飘着一股恶臭味。

一个长着老人身体的四眼水母从他们身边经过，满头白毛做成了海螺的造型，他呼吸时，海螺还不停地往外冒烟圈。街道上挤满了各种奇怪的生灵——顶着飞翼发型的象耳男孩、榕树发型上停满麻雀的牛鼻子大叔……

行人已经够怪异的了，沿街的店铺竟也毫不逊色。

一家店铺门口挂着一盏几乎和柳嘉一样高的红灯笼，上面用墨书写着"梦乡旅馆#野藏家分店"。当他们走近时，灯笼突然睁开了一只绿莹莹的眼睛，舌头从裂开的灯笼纸里吐了出来，发出嘲弄般的笑声。

"来野藏家安眠吧！让您像躺在荒郊野外一样舒适。战栗理发祭期间，特价优惠，宾至如归！"

这让戚梦萦和柳嘉吓了一跳。当他们飞快往前走时，一群长得像红毛丹的果蝇，突然细声细气地尖叫着从坡道上蹦了下来，给两边的行人派发传单。

"肚子疼甜汤店！让您的肚子痛彻心扉！不疼不要钱！"

罗西正好奇地拎起一只红色果蝇时，一个穿着破大褂的男人到了易天爵的身边，一把拽住了他的胳膊，死命地把他往身后黑洞洞的成衣店里拉。

"倒霉鬼成衣店，让您活一天算一天！"一个马面人撕心裂肺地哭喊着，直到暴躁的易天爵威胁要把它送去野藏家，它这才松开手，哭喊着飘去旁边，拽了一个顶着鳗鱼头发型的泥鳅脸怪人。

四人在雾莲街市蜘蛛网般错综复杂的巷间穿行，一路心惊

肉跳。等渐渐适应了街市的诡秘氛围，四人开始觉得这些店铺和行人其实都有趣极了。

云层散去，雾莲街市的夜空出现了一轮玉盘般的明月。现在正是街市一天中最热闹的时候。

"这个木偶太有趣了！只要对它吹牛，它的鼻子就会变长！"柳嘉兴高采烈地挤在一群不到他膝盖高的独眼小黄鸡中间，欣赏着清风堂模型店货架上千奇百怪的蒸汽木偶模型，一个长鼻子拉线木偶尤其让他激动不已。

"大男人，玩什么木偶。"易天爵不以为然地冷哼。

五六个正在排队上厕所的双头巨人模型显然不认同这个观点，粗鲁地向他喷起了白烟。易天爵不以为然，兴致勃勃地转身朝街对面雷鸣阁武具店走去，里面的墙壁上挂满各式古旧武器装甲，一位光着膀子、戴着黑皮眼罩的野猪人，扬扬自得地向易天爵兜售起一根铁质赶猪棒。

清风堂模型店的老板——一个头顶扫帚的消瘦怪人，极力劝说柳嘉买下一个小木偶。柳嘉只好赶紧编了个借口溜出模型店，正想着能不能用乾坤手环变出点儿钱来，却听到不远处传来哭丧般的叫喊声。

一个插着彩旗的木台上，长着鲤鱼头的怪人正走来走去，用力敲打着一面铜锣。

罗西高昂着头在周围人群的注目中得意地走下木台，他的手中还抛接着几枚银色的贝壳。

"雪狼公爵——刷新'古灵精智力挑战擂台'连胜纪录！奖金

5个银贝壳！大家快来挑战新纪录！"台上鲤鱼人重整旗鼓，卖力吆喝，"人群"中再次响起他诡异的叫喊声。

"'雪狼公爵'？该不会是……"柳嘉惊讶地看着走到他身边的罗西。

"正如你所想。"罗西骄傲地扬了扬下巴。

这时，乾坤手环在柳嘉手腕上轻轻振动，他低头看去，眼睛瞪得比罗西手中的贝壳币还大——他们刚才玩得不亦乐乎，竟然把戚梦萦完全忘了！她发来自己的坐标定位，就在附近一个叫作悲鸣花店的地方。

柳嘉拽住罗西和刚刚走出雷鸣阁的易天爵，赶紧朝街道右边的巷口冲过去。戚梦萦就站在悲鸣花店招牌下，脸色比攀在招牌上的十几朵白色喇叭花还要惨白。

"我认为，现在还不到玩乐的时候。"戚梦萦认真地说，她头顶上方的白色喇叭花正拼命向街心熙熙攘攘的行人吐口水，"当务之急，是寻找受害人的线索，不能放松警惕。"

"真啰唆。"易天爵用力哼了一声。

柳嘉有些不好意思地摸了摸头，恰好看到罗西把一颗小石头扔进了正准备朝他吐口水的一朵喇叭花的嘴里。

"可是——"

"哎哟，小姑娘，你们把我的花都吓哭了。"一个长得像啄木鸟的中年妇人走了出来，把一枝正在抽泣的白玉兰花塞进戚梦萦手里，"拿去！它唱的歌能让你心情变好。别在我家店门口吵吵闹闹。"

"谢谢您，秀鸣姑姑！"戚梦萦接过花朵，惊喜地打量着手

中这枝长着小精灵身体、以花朵做裙摆的娇贵白玉兰花，爱不释手地抚摸着。

当她察觉到三个同伴质问的目光，尴尬地清了清嗓子："总之，我们先收集一些鹤鸣理发馆的消息再说。"

"啊——啊啊——"

一个高亢的女高音突然冲破了街道上的喧闹声。

四人转头看去，发现一个穿着闪亮亮深红色拖地长裙、脸上涂抹着五颜六色浓妆、头顶着一个牛角牌坊发型的胖女人，在几个猪脸仆从的簇拥下，从一条巷道里气呼呼地走了出来，像唱歌剧一般夸张地高声尖叫，令周围的"行人"纷纷惊恐地避让。

"你会——后悔的，叶亦涵！雾莲街没——有谁能违抗我——杜娜夫人的命令！鹤鸣理发馆——绝不会给你这种人理发，你将——身败名裂！"

杜娜夫人用一个尖厉的海豚音结束了怒吼，气喘吁吁地被

仆人搀扶上一辆四轮车后离开了。柳嘉注意到拉车的是一条和马差不多大的菜青虫，眼睛里正放射出两束绿光。

一个面容苍白的青年男子，抑郁地走了过来。他身材纤瘦、面容俊秀、风度翩翩，梳着一个圆形灯罩发型。

在罗西的提议下四人进行了猜拳，结果柳嘉"当仁不让"地走了过去，向那位男子打听情报。

"请问——"柳嘉尽可能措辞礼貌，担心触怒了灯罩头青年，"我想打听一下鹤鸣理发馆。"

灯罩头青年缓缓抬起眼睛，看着柳嘉，沮丧的神情突然变得兴奋起来，一把抓住柳嘉的胳膊，头上的"灯罩"甚至亮了起来！

柳嘉惊慌失措地想要挣扎。

易天爵一个箭步，摁住灯罩头青年的肩膀，罗西和戚梦萦也站在了柳嘉的身后，神情戒备地看着青年。气氛一瞬间变得剑拔弩张。

然而几秒钟后，灯罩头青年的脸上露出一个忧伤的笑，"灯罩"熄灭了。

"抱歉，看来我吓着你们了。"青年看着眼前这四个还不到他胸口高的孩子，从上衣口袋掏出一片枯黄树叶递给柳嘉，"这是我的名片，我是这家记忆照相馆的摄影师叶亦涵。刚才，我只是想给你照张相。我只为人们记录最有价值的瞬间，而你的时刻快要到了。"

"谢谢你。"柳嘉因为误会对方有点儿不好意思，"不过我们

恐怕没时间，而且也没有钱。"

"不用担心。"叶亦涵拍拍柳嘉的肩膀，环视着其他三人，"请你们跟我进来，对于拥有美丽故事的人，记忆照相馆从不收取任何费用。"

在默默交换眼神之后，四人跟随叶亦涵，跨过一道高高的门槛，走进了狭窄的走廊。

走廊的宽度只容得下一人通行，阴暗潮湿，右边灰扑扑的墙壁上长满了黑色的霉菌，左边则是一排破破烂烂的木墙，几扇小小的格子窗户里透着暗红色的烛光。即使是在如此狭小的走廊内，也还开着好几家店铺。

叶亦涵在一扇破旧的木门前停了下来，门楣上挂着一截烂木头，上面却刻着几个俊秀的字——记忆照相馆。

人生若只如初见，见与不见？
那堪回首与君同，何必相逢。

"里面请。"叶亦涵拉开门，侧过身，邀请几位正惊讶地东张西望的小客人走了进去。

房间逼仄，不到五平方米大，木头地板腐朽残破，几个黑色的蘑菇高高低低地杵在一块断裂的木地板上，叽叽呀呀地吟唱着。房间正前方的墙壁上钉着三排木头架子，上面铺满稻草，一颗颗灰白色扭蛋竖立在稻草堆上。

地面中央，四面高矮不一的木架子围住了一只古木大圆盘。圆盘上躺着几只差不多南瓜大小的潦倒萤火虫，正打着震天响呼

噜。不管从哪个角度看，这里都不像是一间照相馆。

"这回，倒是请来了不错的客人，咯咯哒！"一个声音突然在墙角边响起，柳嘉转头望去，发现声音的主人竟然是一只比叶亦涵还高出半个头的黄毛母鸡，正坐在沙发上织毛衣。

"你的紧急备用粮？"罗西打量了一眼母鸡，饶有兴趣地挑眉望着叶亦涵问。

"真没礼貌！"母鸡叫着从沙发上跳起来，"我可是拥有立体成像技术的'照相鸡'——小涵的金牌搭档！"

"凤娘，不能对客人发脾气。"叶亦涵暖心地笑着说，"麻烦你准备一下，我想为四位客人照相。"

"好吧，看来又是不给钱的主。"母鸡郁闷地扔下手中没织完的毛衣，捡起一把鸡毛掸子用力拍了几下萤火虫的屁股，"起来，懒鬼们，干活啦！"

几只萤火虫肥大的尾部亮了起来，站在了木架子上。

柳嘉和戚梦萦、罗西、易天爵有些不自在地先后站到了房间中央的木头圆盘上。

轮到柳嘉的时候，他愈发觉得站在萤火虫尾部下等母鸡拍照的自己有点儿傻，虽然这么做是为了套取情报。

母鸡凤娘丝毫不能领会柳嘉的心情，她正按照叶亦涵的指示，围着圆盘忽高忽低地跳着，她的眼睛每眨一下便发出"咔嚓"的声响，而当她每完成一个人的拍摄，便会"咯咯"叫着，生下一枚白色的蛋。

"好了，各位可以一周后来这里取照片。"

叶亦涵点点头，满意地把四枚蛋放到铺着稻草的木架子

上。柳嘉注意到，所有蛋的表壳上都有着异常精致的雕花，并且每枚蛋的雕花都不相同。

"喊，上面还有鸡屎味。"易天爵看着属于他的那颗蛋，鼻子和眼睛皱成一团。

"酒逢知己千杯少。能遇见四位，是在下的运气。"叶亦涵文绉绉地说。

"您刚才拒绝为一位夫人拍照，那位是鹤鸣理发馆的杜娜夫人吗？"柳嘉抓紧时机问。

"是的。"叶亦涵叹了口气，"杜娜夫人是鹤鸣理发馆的老板，也是雾莲街市最有权势的人。但我感觉她最有价值的时刻似乎遥遥无期，所以无法为她拍照。"

罗西悠哉地吹了一声口哨："你的情况可不太妙。"

"反正我也打算走了……"叶亦涵满怀心事，忧郁地说着，然后好奇地打量了一下四位狩梦人，"我以前没见过你们，你们也是从外地赶来参加战栗理发祭的吗？"

"可以这样说。"戚梦萦目光凛冽地回答，"我们对鹤鸣理发馆，以及那位传奇理发师很感兴趣。"

"当然，所有人都说苔德先生无所不能。"叶亦涵的语气中略带嘲讽。

"鹤鸣理发馆就在那里。"送四位客人走出照相馆后，叶亦涵抬起头，目光悠远地看向山的那一边。

一幢绿顶红墙的房子矗立在那里，像国王一样骄傲地俯视着雾莲街市，旁边的一根巨大白色烟囱仿佛国王的权杖，正往外冒着浓浓白烟。

"雾莲街市的所有人都崇拜苔德先生，据说被他理过发的人，都成了理想中的自己。"叶亦涵目露幽光，接着倔强地摇了摇头，"但我认为，人生最有价值的时刻，应该靠自己努力慢慢孵化。我的这家照相馆因此而开，虽然很穷，但我无怨无悔。"

"那杜娜夫人为什么要来请你照相呢？"柳嘉困惑地问。

"说实话，我也不清楚。"叶亦涵皱起了两道剑眉，"得罪了杜娜夫人可不会有什么好日子过。不过我本来就是一个流浪摄影师，在雾莲街待了好几年，已经到离开的时候了。"

叶亦涵与众人道别后，转身走回了店铺。

柳嘉和戚梦萦、罗西、易天爵交换了一个迷茫的眼神。

突然，罗西指了指张贴在旁边那家甲壳虫首饰店门前的海报，浓妆艳抹的杜娜夫人肖像画旁，写着一些字：

雾莲街理发祭

HAIRCUT FESTIVAL

金牡蛎×9
海马票
您将享受来自传奇理发师苔德先生的发型私人定制服务！附赠烂泥SPA豪华套餐！

就是你啦！

银贝壳×16
河蟹票

您将得到鹤鸣理发馆优质的"洗剪吹"服务，苔德先生为您打造年度流行发型！

土田螺×3
咸鱼票

您可使用鹤鸣理发馆门口的自助洗头机，苔德先生将很高兴帮您修剪让您无法忍受的杂毛！

票务代理：梦乡旅馆 野藏家分店

罗西饶有兴致地指了指宣传单上标注的价格，吹着口哨，看向三位同伴。

"看来，我们得在这里住上一阵子了。"

第六幕 结束

呜，
真糟糕……

梦域空洞

与雾莲街
诡眼蜘蛛

第七幕

分道扬镳

接下来，柳嘉打听到鹤鸣理发馆因为筹备理发祭暂时停业，需要等到祭典当天才恢复营业，在此之前大家只能想想其他办法寻找任务线索。

戚梦萦沉思了一会，拦住一个蚌壳脸路人，礼貌地询问了安保所的大致方位后，带领小伙伴们拐了个弯，朝一条稍显冷清的巷子里走去。

罗西自得其乐地走在队伍最后，眼神闪烁，似乎对雾莲街市上的奇怪店铺仍然意犹未尽。易天爵则走在队伍中间，一路紧张地戒备着。

穿过一条破旧的巷子，周围越来越僻静。

他们经过巷子拐角，看见两只龅牙青蛙正醉醺醺地哄笑着。圆鼓鼓的眼球长在头顶粗壮的触须上，像天线一样耀武扬威地左摇右晃。

它们正围观着一个光着脚、头戴云团面纱的年轻女人。她拼命地想要爬上一堵矮墙，拿回挂在墙头的破旧皮鞋。

"没钱买理发祭的票，还敢说杜娜夫人的坏话！呱！"

"臭丫头，给你一点儿教训，呱呱！以后别出现在雾莲街！"

"是电车上的那位姐姐。"戚梦萦停下脚步低声说。

"我们得帮帮她。"眼前场景让柳嘉感同身受。

"好！"易天爵当仁不让地飞踢过去，三拳两掌便把那两只醉酒的龅牙青蛙赶跑了。

"臭小子，呱！你给我们记住！"

"呱呱呱！要不是我们执勤的时间到了，有你好看！"

罗西悠闲地走了过去，瞟了一眼龅牙青蛙制服背后"鹤鸣理发馆"的刺绣字样，优哉游哉地吹了声口哨："耍猴的，恭喜你，马上就和我一样有名了。"

戚梦萦从路边捡起一根树枝，帮云团小姐把皮鞋挑了下来。

"你还好吗？"等云团小姐穿好鞋，戚梦萦关切地问。

"哦，你们好。"云团小姐含混不清地说，"我，我饿了，想找点儿东西吃，结果……"

她指了指前面巷口，一盏胖乎乎的红灯笼正坐在一间脏兮兮的小店铺屋檐下，一脸无精打采地打着哈欠："肚子疼甜汤店……欢迎光临……"

"宵夜……不嫌弃的话，我请大家一起吃。"云团小姐像土拨

鼠一样缩着脖子，不太自信地说，“刚才的事，谢谢你们。”

“不用谢，而且我们……”戚梦萦正准备拒绝。

“咕噜噜噜——”

柳嘉的肚子突然发出一阵震天响，打断了戚梦萦的话。

在尴尬的目光中，柳嘉委屈地噘起了嘴，嚅嗫着：“安保所里应该不管饭吧，你们说呢……”

肚子疼甜汤店约莫半间教室大小，充斥着一股腐烂的霉味。

一张长长的烂木餐桌将店铺隔成两间房——一间是乱糟糟的厨房，另一间安置着几条木板长凳。

令人恹恹欲睡的灯影下，糊着泥灰的墙上贴满各种猎奇海报，还有许多意义不详的涂鸦留言。

柳嘉强忍着臭味和同伴们在靠近门口的一条长凳上坐了下来，角落里进餐的四五拨客人好奇地打量着他们，并且对坐在戚梦萦旁边的云团小姐指指点点。

柳嘉环顾四周，感觉浑身发痒。

“不做亏心事，不喝蚀脑茶。喝了吧！把做过的坏事都忘了。”一个枯木断裂般的声音让餐桌边的众人吓了一跳。

柳嘉抬起头，看见一个满脸皱纹的老妇人，顶着一头汤碗造型的蓬松红发，一张嘴便喷出白色烟雾。老妇人在他们面前放下几杯茶，然后晃悠悠地走到树根吧台后，继续吞云吐雾。

“那是店主孟阿婆。”云团小姐像梦游一般呓语。

戚梦萦望着茶杯里的“蚀脑茶”，眉头紧皱，许多绿果子正融化成绿色浓汁。

"别担心，喝茶水就好。它们最多让你们肚子疼。"云团小姐两眼迷离地用吸管喝着茶水，柳嘉看见几颗绿色果子沿着吸管一下滑进了她的嘴里。

云团小姐熟练地点完餐后，其他人也都异常艰难地做出了选择。菜单上那些食物看起来古怪极了：揪心豆腐花、马蜂眼汤圆、四不像甜汤……

而帮他们点餐的是这家店除孟阿婆外唯一的服务员——一只长着金鱼眼和大板牙的鸦嘴河童！

不出所料，河童接下来端上来的每道菜都让他们触目惊心。

罗西干咽着口水，魂不守舍地用锈铁勺搅拌着眼前的"黑烟芝麻糊"，汤里竟然冒出滚滚浓烟！

戚梦萦的"苦禅寿司"——稻谷上覆盖着虫壳！

易天爵瞠目结舌地瞪着面前的"肉肠炖粉条"，造型看起来像一只半死不活的飞翼蜈蚣，旁边的豆芽就像几条硬壳蚯蚓，还

不安地扭动着！

柳嘉感觉自己的胃在默默哭泣……

他拼命压抑住想要尖叫的冲动，把面前那碗猩红的"暗黑糯米饭"推到了一边。

"对了，云团小姐，"戚梦萦已经彻底放弃了她的宵夜，重新拿起了那朵玉兰花，"刚才那两只青蛙为什么欺负你？"

"哦……这个……"云团小姐耸了耸肩膀，"理发祭，我是常客。理发馆的杜娜夫人不喜欢我，因为我从来不理发。她不太喜欢我这种违背她意愿的人。"

"既然这样，你为什么要来？"柳嘉好奇地追问。

"因为……我要找一个人。"云团小姐有气无力地说，白色面纱变成了忧郁的蓝色，"十年前，我的父亲来雾莲街参加理发祭，此后便再无消息。但我相信很快就会找到他的。"

柳嘉和戚梦萦、罗西、易天爵交换了一个惊疑的眼神。

"安保所，你去问过吗？"戚梦萦试着建议。

"去过。"云团小姐沮丧地摇摇头，"但没用。杜娜夫人和梦乡旅馆老板佐臣氏管理着雾莲街市，安保所早已经名存实亡。"

"你可以带我们去安保所看看吗？"戚梦萦问。

云团小姐有些犹豫，但还是点点头："好的，那里不太远。"

离开肚子疼甜汤店时，云团小姐发现罗西已经付过账了。

一辆轮子上长着丑陋人脸的人力车——道轮，极力自荐要载他们一程，五人拼车还可以打八折，但被戚梦萦礼貌地拒绝了。

道轮人力车骂骂咧咧地走远后，云团小姐才悄悄地告诉他们，断条腿车行的道轮车夫是街上有名的"小黑车"，而且还是个路盲。

月亮升至中天时，柳嘉一行终于抵达目的地。

安保所，确切来说是幢小得可怜的平房，位于幽暗的小巷尽头，刻着"雾莲街安保所"的红底黑字牌匾歪斜着挂在门廊上。门口那对红灯笼已经残破不堪，只有一盏亮着。

罗西轻轻地推开虚掩的铁栅门，干哑的"吱呀"声让人毛骨悚然。

"你们跟在我后面。"易天爵率先走进了安保所，柳嘉、戚梦萦和云团小姐战战兢兢地跟了进去。

罗西摘下门口那盏亮着的灯笼走在最后，他饶有深意地瞟了一眼背后，像怪兽肠道般漆黑的窄巷里，一道模糊的黑影一掠而过。

"呵——有意思，猫可不怕和耗子捉迷藏。"罗西自信地翘起嘴角，微笑着走进门里。

安保所只有一间小厅，非常破旧，散发着一股难闻的恶臭。

柳嘉借着罗西手中灯笼的火光四处打量，感觉这里与其说是安保所，倒不如说是凶宅。脏兮兮的地板上积满了废水和垃圾，黑乎乎的泥粉墙面上有几道长长的刮痕，看上去像是用指甲划出来的。

门厅右边转角处有一个已经废弃的楼梯，封闭的楼道里弥漫着不祥的气息。

"喂，有人吗？"戚梦萦有些迟疑地问。

"看来，这里成老鼠窝了。"罗西把灯笼举高，几只比猫还大的六眼鼠蜷缩在角落里，鲜红的眼睛正死死盯着陌生的闯

入者。

柳嘉发出一声惊呼："咦?!"

回声传来，并不只有他的声音。

"啊……"一声轻微的呼喊，若有若无地响起。

罗西四下环顾，最后将目光落在了一扇紧闭的暗门上。

"哼，一个无聊的小把戏。"

暗门被打开，里面是个极狭小的空间。众人惊讶地看到，一个戴着报童帽的女人正坐在破烂的铁架床上，面对着一只摔碎的鸡蛋手足无措。

"哦！你们好！"女人抬起头大大咧咧地说，对眼前突然出现这么多人，似乎一点儿也不感到激动或是惊异，"真糟糕，原本照片明天就可以孵化出来，我总是笨手笨脚的。"

看着蹲在地上收拾蛋壳碎片的女人，柳嘉突然发现她的衣领上别着一枚警徽，与在龙巢基地任务影像里看见的一模一样！

"难道您就是……孟鹿阿姨？"柳嘉震惊地瞪大了眼睛，不敢相信原本毫无头绪的任务，竟然有了突破性的进展。

女人生气地抬起头，瞪向柳嘉："小弟弟，难道没有人教过你，对漂亮女人只能称呼'姐姐'吗？"

戚梦萦也震惊极了，她立即翻看乾坤手环，将女警孟鹿的照片和眼前的女人对照起来——虽然服装不一样，发型也从乌黑利落的干练短发变成了栗色的爆炸头，但她分明就是孟鹿本人！

"好了，我要走了。这个鬼地方耽误了我不少时间。"

孟鹿起身抖了抖皱得像卷心菜叶般的外套，刚捡起的碎鸡蛋

壳又散落一地。

　　"是谁把你关在这里的？"戚梦萦问道。

　　"唔……"孟鹿低下头皱着眉思索了片刻，又痛苦地摇摇头，"不记得了，管他呢！谢谢你们帮我开门，改天请你们喝茶，先走啦！"

　　"孟鹿警官，您要去哪儿？"戚梦萦叫住正往门外走去的女警。

　　"警官？你们大概认错人了。"孟鹿皱着眉，用手拉歪头顶脏兮兮的报童帽，遮住一边眼睛，笃定地说，"我是柠檬侦探社的侦探，正在调查案件。"

　　"可您明明是米兰市的孟鹿警官，我们是来救您的。"柳嘉说。

　　孟鹿走回柳嘉身边，用她那深棕色的眼睛打量着柳嘉和他的同伴："小鬼们，我从来没听说过什么米兰市！姐姐很忙！战栗理发祭快到了，每年这个时候总有几个游客失踪。我接下这案子，好不容易找到了重大线索，你们可别坏了我的大事！"

　　说完，她转身离开了。

　　即使孟鹿警官走出安保所好一会儿，还能听见远处传来几声她焦躁不安的念叨。

　　"哦？还有闲心玩侦探游戏？"罗西翘起一边嘴角，露出奇怪的笑。

　　"可恶，她什么都不记得了。"易天爵不耐烦地说。

　　"事情比预想中复杂。看来，这个任务并不简单。"戚梦萦心情抑郁地叹了一口气，突然她若有所思地看着从她身后走出来的云团小姐，"孟鹿警官刚才说，每年都有游客在理发祭期间失踪，看来，你父亲的失踪，不是偶然。"

"父亲当年花光所有积蓄，买到一张海马票。"云团小姐哆哆嗦嗦地说，"可是没想到……"

一行人来到安保所外，和云团小姐道别。

随后柳嘉打了个哈欠，眼泪汪汪地问："接下来，我们该怎么办呢？"

夜色渐深，街市陷入沉寂。

整个雾莲街变得静谧极了，除了偶尔响起一两声若有似无的犬吠。

"调查方向已经很清晰了。"戚梦萦表情严肃地说，"'刀锋'与'莲花'——刀锋指的就是鹤鸣理发馆，而莲花是雾莲街市。每年理发祭都有游客消失，这件事一定和理发馆有关，不出意外，被困在这个梦域碎片中的受害人也都是因为同一个原因遭难。"

"可惜让那个疯女人跑了。"易天爵愤愤地说。柳嘉知道，他指的是女警孟鹿。

"追问她也没有意义。"戚梦萦有些不满易天爵的粗鲁言辞，深深叹了口气，"她连自己是谁都忘了，不会愿意和我们一起离开的。"

"也许可以用乾坤手环对她进行扫描！"柳嘉提醒道。围墙后面突然窜出一只比西瓜还大的蝙蝠，把他吓了一跳。

"博古医生说过，那样会降低任务的评分。"戚梦萦摇了摇头，"强行将受害人传送出梦域碎片，会对他们造成精神伤害。只有万不得已的时候才能这样做。"

"那现在……"柳嘉有点儿心灰意冷了。

"博古医生嘱咐我们在安全模式下完成任务。"戚梦萦镇定地分析，"我认为最佳方案是：第一步，先潜伏下来，想办法挣钱，买到战栗理发祭的理发券；第二步，进入理发馆深入调查，再视情况制定对策。"

戚梦萦抬头看了看天色，闹心地叹了一口气。

"还是先找个地方休息吧。"

"区区九只金牡蛎，怎么难得住我。"经过一个十字路口时，罗西突然发现什么似的灵光一闪，他看向旁边垂头丧气的同伴，"我到处看看，你们可别跟着我。"

看到罗西快速地消失在左边的巷子，易天爵也转身朝右边的巷子走去。

"易天爵！你去哪儿？"柳嘉大声问。

"这个战术，太婆婆妈妈，真没劲。"易天爵头也不回，不耐烦地说道。

柳嘉茫然地看着罗西和易天爵的背影，内心交战，挣扎着要不要追上去，身后突然响起戚梦萦幽幽的叹息声。

"你也要走吗？"

柳嘉转过头，发现戚梦萦冷漠的目光中隐隐闪动着一丝焦虑。他死命摁下心里想要跟着易天爵的念头，摇了摇头。

"我，我相信你的计划，我和你一起走。"

与此同时，雾莲街的山顶上，一座不停的冒着腾腾蒸汽的大房子——鹤鸣理发馆里，杜娜夫人正在一间装饰极尽奢华却庸俗不堪的房间，一脸不快地品着红茶。

"树欲静——而风不止呀！"杜娜夫人侧卧在贵妃榻上，幽幽地感叹，"新来的游客——胡搅蛮缠，必须——严密监视！"

贵妃榻左侧的帘幕里，一个瘦高身影低声响应。

"杜娜夫人，您不必担心，叶亦涵那些不听话的小角色，还有新来游客里那几个搅事的毛孩子，都在我们的掌握之中。"

"你办事——我放心。这次'理发祭'，那位先生——也来参观了，这一次我要办得——漂漂亮亮，盛况空前！"

杜娜夫人放下茶杯，挣扎着站起身，拖着长长的裙摆走到落地窗边，仿佛城堡中的女王一般，得意地俯视着山脚下雾莲街的夜景。

黑漆漆的屋顶之间闪耀着刺眼的红色灯火，让这片街市看上去像是一大张即将烧尽的残纸，有一种诡异的凄美。

"蠢货们——好日子，就要到了哟！你们——雾莲街的所有人——将永远被困在雾莲湖里，沦为不朽的植物，啊哈哈哈！"

杜娜夫人尖厉的怪笑声震碎了茶几上的茶杯。

天空中浓云密布，如呼啸而至的海浪般翻涌着，一场大雨无可避免。乌云后探出头的枯黄圆月，仿佛黑夜的瞳孔一般，偷偷地注视着四位各自散去的狩梦人。

风暴，已经逼近。

—— 第七幕 结束 ——

欢迎光临
一铭拉面馆！

梦城空间
与雾莲街
诡眼蜘蛛

ACT
08

第八幕

雾莲街打工日常

夜半无人的街巷，空旷而寂寥。

柳嘉跟在戚梦萦身后，漫无目的地游荡着。

戚梦萦一直低着头，什么话也不说。

"天，天气真好。"柳嘉有些局促。他想起好像在哪本书上看到过，和女生没有话题时就聊天气，绝不会错！

然而他的话音刚落，大颗大颗的雨滴便从天而降，哗啦啦地洒了一地。不一会儿，这场突如其来的大雨便将雾莲街市浇得透湿。

"的确是……好极了。"戚梦萦用手挡住头顶的雨水，脸色不佳。酣睡半天的白玉兰醒了，倒是开心地唱起了歌。

柳嘉尴尬地朝四周张望了一下。

"去那边！"他大喊着，飞快朝街角一幢独院小屋跑去。戚梦萦看了看天色，也只好跟了过去。

这是一幢以钢架为梁的木头小屋。绿油油的竹叶从屋顶的缝隙间探出头，粗壮的竹子躯干嵌在了屋里。

屋檐下，四盏红色小灯笼仍然亮着光，映照着檐下高大木架上的一只倒扣着的红木面碗。面碗上写着"一铭拉面馆"几个隶书大字，碗下还吊着一长串比肉包子还大的白色鱼丸。

当柳嘉和戚梦萦飞跑到面馆右侧的屋檐下时，那些鱼丸纷纷眨巴着一双双黄豆大小的眼睛，嘤嘤嗡嗡地吵闹起来。

"先等雨停，我们再做打算。"戚梦萦将花搁在一边的台子上，拍着身上的雨水，这样的坏天气让她的心情糟透了。连白玉兰在一旁气呼呼地抱怨戚梦萦是"无礼""无情"的女人，戚梦萦都没心情搭理它。

柳嘉郁闷地点点头。好在他们反应够快，才没有被突如其来的大雨弄得更难堪。

面馆的檐下有一条原木长凳，他和戚梦萦在上面安静地坐了下来，抬头凝望着顺着屋檐滴落的亮晶晶的雨帘。白玉兰似乎又睡着了，夜风吹着戚梦萦的长发，挠得柳嘉的脸颊痒痒的。

过了半晌，雨势毫无减弱的迹象。淋得半湿的柳嘉忍不住打了个大大的喷嚏。

戚梦萦瞟了柳嘉一眼，从长凳下找出几根干燥的枯竹枝。她闭上眼努力控制住能量，手心缓缓冒出的一道火苗将枯枝点燃了。柳嘉伸手烤着热烘烘的小火堆，顿时觉得身体暖和了许多。

"真希望现在能吃上一碗热乎乎的拉面。"柳嘉闭上眼睛，嘴里念念有词。

"你在做什么？"戚梦萦困惑地皱起了眉头。

"许愿！"柳嘉笑着说，"我们现在不是很像卖火柴的小孩吗？我想看看梦域碎片世界里的火，能不能变出面条来！"

"真是个笨蛋。"戚梦萦没好气地扭过头，"如果愿望那么容易实现，人生就不会有那么多遗憾，也不需要什么努力了。"

柳嘉看着戚梦萦疲倦的侧脸，感觉她此刻脆弱得就像正随风飘落下来的竹叶。

正当他想要说点儿什么，哗啦一声，面馆的门被推开了。

"你们，竟然在下雨天出门，想被赶出雾莲街吗？"

柳嘉和戚梦萦飞快转过头，只见一个年轻的女生出现在门口。她系着白色的围裙，肌肤雪白，清秀的脸庞上一双灵动的大眼睛好奇地闪动，像只局促的小鹿般打量着他们。

"我们只是在避雨。"柳嘉委屈地说。

戚梦萦赶紧熄灭了火堆。

"下雨天不许出门，因为雨水会弄坏发型，这可是雾莲街的规矩。"女生看了一眼越下越大的雨，侧过身子，让出身后的店门，"先进来吧，被其他人看见可要说闲话了。"

柳嘉和戚梦萦欣喜地站起身，走进了店门。

门推开就是一间乱糟糟的厨房，天花板上垂落下来的红色灯笼和白色灯笼，被笼罩在一团绿油油的水蒸气里。靠墙的环形石灶占据了厨房大半面积，各种厨具和调味罐堆成了一座座小山丘，一口沸腾的大锅像是正冒着绿色浓烟的火山口。

"竹子姥爷，刚才是这两个小鬼在后门外说话，不是来偷面的蹿天鼠。"女生在灶台前的石凳上坐了下来，对灶台中央一株比磨盘还粗的墨绿竹子说道。

竹子姥爷慢悠悠地扭过枝干，他长着一张老爷爷的脸，鼻梁上架着一副蒙着雾气的老花镜。

竹子姥爷抬起琥珀色的眼睛看了看柳嘉和戚梦萦，略微抖动一下茂密的枝叶，一大堆竹叶就掉进了正在咕噜冒泡的汤锅里。接着他继续聚精会神地拿着长长的竹筷子，在大锅里搅拌起来。

"你们真走运！竹子姥爷要请你们吃胡须面。"女生得意地挤了挤眼睛，"他可是一铭拉面馆的招牌大厨。"

"可是我们没钱。"柳嘉舔着嘴唇郁闷地说。

"今天下雨，特别优待，免费。"女生爽朗地笑了，美得就像一朵白山茶花。

柳嘉惊喜地瞪大眼睛，冲戚梦萦得意地抬了抬眉毛。

"看吧，愿望实现了！我可是活在'好运'中的人。"

柳嘉拽着一脸平静的戚梦萦在女生的旁边坐下。他此刻已经饿得前胸贴后背了，就算是肚子疼甜汤店的茶水，也愿意喝上几大杯！

"谢谢！"戚梦萦接过竹子姥爷递给她的一碗面，墨绿色的汤汁倒映着她惊异的眼睛。这碗面看起来"正常"极了！

柳嘉拿起筷子在汤汁里搅拌了几下，发现面条竟然就是竹子姥爷枝条上的竹叶，而且吃起来口感像年糕！

"你的玉兰花真漂亮。"女生打量着戚梦萦放在桌子上的白玉兰，一脸羡慕，"去年他也送过我一朵。"

"请问怎么称呼您？"戚梦萦小心翼翼地咽下一根面条问。

"洛茜，我是这家店的服务员。"洛茜无奈地笑着耸了耸肩膀，"唯一的一个。"

"辣你洗不四很勒（那你岂不是很累）？"柳嘉的嘴里塞满了竹叶面条。

"本来还有两个伙计，但两个月前他们突然辞职不干了。"洛茜忧郁地说，"在雾莲街临时招人是很麻烦的，而且马上就到理发祭了，真是累得够呛。"

"请问，我们可以在拉面馆打工吗？"戚梦萦礼貌地问，"我们想挣钱买理发券。"

戚梦萦的直白惊得柳嘉被浓绿的面汤呛得直咳嗽，竹子姥爷又给他添了半碗面条。

"当然可以！"洛茜惊喜得眼睛发亮，一把拉住戚梦萦的手，

"太好了，我总算找到接班人了！"

"什么意思？"柳嘉困惑地问，嘴唇上全是绿油油的汤汁。

"事实上，我就快要离开雾莲街了。"洛茜害羞地低下了头，眼睛瞟向墙边的玻璃橱柜——那里放着一枚雕花的鸡蛋。柳嘉很快便认了出来，那是在记忆照相馆中拍的照片——"记忆蛋"。

洛茜走过去，轻轻地拧开了记忆蛋。

蛋壳里有半个椭圆形的光影屏障，屏障内有一男一女在一株盛开的梨花树下相互凝望！里面的女人分明是缩小版的洛茜，男人竟然是记忆照相馆的叶亦涵。

"洛茜姐，难道你要和叶亦涵先生一起离开雾莲街吗？"柳嘉惊讶地问。

"你们认识小涵？"洛茜惊喜地看向他们。

"我们今天在记忆照相馆拍了照片。"戚梦萦回答。

"太好了，小涵认可的人，一定都是好人。"洛茜的目光变得温柔似水，"我和小涵认识很久了。不久前，他突然说想离开雾莲街市去旅行，问我愿不愿意跟他一起走。"

"世界很大，到处看看！这可比一直待在一个地方好多了！"柳嘉端起木碗一口气喝光面汤，眼睛闪闪发亮表示支持。

"我认为，洛茜姐所说的旅行，和你想的不一样。"戚梦萦瞪了柳嘉一眼，示意他住嘴。

洛茜捂着嘴轻声笑了起来："你们真可爱。不管怎么样，我已经答应了小涵。等这次理发祭结束，我们就出发。"

洛茜决定第二天就带柳嘉和戚梦萦去见拉面馆的店长。

这一晚，他们住在了一铭拉面馆后面的柴火房里。

　　柳嘉刚倒在一个厚厚的稻草堆上，便昏昏沉沉地睡着了。迷糊中，他似乎听见不远处的另一堆稻草上，戚梦萦在辗转反侧。

　　一夜无梦，柳嘉被人用力推醒时，天已经大亮了。

　　洛茜催促柳嘉和戚梦萦在柴火房外的水缸边简单洗漱之后，便领着他们来到了一铭拉面馆的玄关处。

　　飞檐黑壁的小木屋在阴天灰白的光线下，看上去像无精打采的幽灵。他们再次经过厨房后门时，那一串白色鱼丸还在呼呼大睡。

　　拉面馆的店面不大，内里却井井有条。用竹片做成的 10 套餐桌椅，整齐地摆放在 12 张榻榻米大小的房间里。昏暗的光线中，一位满头白发像拉面一样垂在肩膀上的老人，正在仔细清理着每一张餐桌。

　　"那位就是一铭拉面馆的店长，一铭先生。"洛茜在戚梦萦和柳嘉耳边悄声提醒，然后朝一铭先生走了过去。

　　她对一铭先生低声言语几句。老人转过头目光和蔼地打量了一下柳嘉和戚梦萦，布满皱纹的脸上露出慈祥的笑，就像太阳公公一样让人感到暖洋洋的。

　　"孩子们，为难你们了。这段时间店里会很忙，努力干活，我给你们双倍的工钱。"

　　在洛茜的帮助下，柳嘉获得了人生的第一份工作——一名骄傲的餐厅服务员，并且兼任外卖小哥。戚梦萦则和洛茜一起在厨房帮竹子姥爷做面条，另外负责将面条送到客人们的餐桌上。

　　一铭拉面馆是雾莲街市上的百年老店，洛茜告诉他们，这

家店是从一铭先生爷爷的爷爷那一辈传下来的。店里的生意格外红火，除了雾莲街市的居民们，许多游客也都慕名而来，从早到晚宾客络绎不绝。再加上一铭先生慈眉善目，一些人即使不吃面条，也会来这里喝杯茶捧场。

柳嘉作为店里唯一的男服务员，每天忙得晕头转向。

不过，连柳嘉自己都觉得惊奇的是，他竟然很快就适应了这份工作。自从父亲去世，母亲病倒，他被迫学会了一些简单的家务，也学会了对一些刁蛮无理的要求忍气吞声。

"夫人，这是您要的拉面。"柳嘉穿着面馆的红色斜襟制服，头上绑着一根蓝色波点白布条，熟练地把一碗面放在一位额头像寿桃一样突出的老妇人面前。

老妇人笑眯眯地塞给他两颗土田螺作为小费："拿去，好孩子。有空来我的店里玩。"

"谢谢您！"柳嘉一脸灿烂地笑着说，转身又把托盘里几个只有指甲盖大小的碗放在餐桌上，刚发完传单的红色果蝇们赶紧围了过来，叽里咕噜地吃着碗里的面条。一只果蝇塞给柳嘉一张"老不死书店"的新书特价优惠券。

"嘿！小子，你竟然在这里打工？"柳嘉的肩膀被人从后面拍了一下，他转头一看，竟然是在电车上遇见的青葱先生！

"我在挣买理发券的钱。"柳嘉骄傲地笑着说。

"真不错！"青葱先生说着，指了指面馆的另一边，"不过那姑娘看上去可没有你这么轻松。"

柳嘉转头看去，只见戚梦萦正一头大汗地抱着比脸盆还大的碗，憋足劲朝面馆一个角落里的巨型餐桌走去，那里坐着一

个身材足足是她三倍大、下巴上长着獠牙的海象怪人。

柳嘉正想跑过去帮忙，三只顽皮的独眼小黄鸡突然从座位上跳了下来，恰巧撞在戚梦萦的头上。

"哐啷——"一声巨响，拉面馆里突然安静下来，所有人都朝戚梦萦看了过去。戚梦萦则愣愣地看着地上摔碎的大碗、流了一地的绿色汤汁，以及竹子姥爷的面条。

"别担心，小姑娘。"

一位脖子像蛇一样长的中年女人，立刻起身帮戚梦萦收拾起地面上碗的碎片。

洛茜连忙拿着扫帚赶了过去，一铭先生走到海象怪人面前不停地道歉，戚梦萦默默地咬着嘴唇低下头，和洛茜一起收拾残局。

"抱歉，洛茜，我没想到会这样。"戚梦萦一边收拾碎片，一

边难过地低声说道。

"看你的样子就知道，是没做过什么家务的大小姐。"洛茜从围裙口袋里熟练地掏出一条正在睡觉的鼻涕虫，贴在戚梦萦被划破的手指上，"别担心，刚开始总会手忙脚乱的。你已经很努力了。"

"对不起，大姐姐，我们也来帮忙。"三只独眼小黄鸡跳上戚梦萦的肩膀，用毛茸茸的翅膀帮戚梦萦抓住她身后披散的长发，开始有节奏地大喊，"嘿哟，加油！嘿哟，加油！"

坐在附近座位上的客人们也都纷纷起身，帮忙清理被流淌的汤汁弄脏的地板。坐得更远地方的一些客人大声安慰着戚梦萦，小小的拉面馆里变得热闹极了。

柳嘉惊讶地看着走过来帮忙的海象怪人，发现雾莲街的居民们虽然都长得很奇怪，但大多数都是心地善良的好人。

"不要以貌取人。"他想起爸爸曾经这样说过。

几分钟后，戚梦萦重新从厨房里端着一碗更大的拉面送到了海象怪人的餐桌上。汗水浸湿了她的头发，她索性用一根草绳把头发盘了起来，原本白皙细腻的手上沾满了黏糊糊的油渍。

柳嘉看着戚梦萦努力的身影，突然回想起在跃迁舱前，戚梦萦曾对自己说过的一句话："这一次，轮到我们保护所爱的人了。"她一直在努力地兑现自己的诺言。

柳嘉钦佩地点了点头，深吸一口气，突然感觉身体充满了能量，激动地举起双手大喊："我也要加油！我是超能小英雄，我要化身闪电！我要捅破黑夜！我要和困难说再见——哈路威！哈路威！"

拉面馆里响起一阵欢乐的大笑声。

时间过得飞快，不知不觉一个星期转瞬即逝。

柳嘉仍然住在柴火房里，洛茜帮他搭了一张临时的小床。戚梦萦则和洛茜住在了一起。柳嘉每天清晨起床送外卖时，雾莲街上的居民们都已经拿起扫帚，清扫起自家门前的落叶了。看见柳嘉，他们都会热情地打招呼。

"墨迹墨迹糖果店"的桃子奶奶总会塞给柳嘉两根"猴子屁屁棒棒糖"。

"老不死书店"的木鱼老板，每天严肃地在店门口咚咚敲着自己的脑袋，一看到柳嘉经过就会厉声问道："有没有好好背书？"所以柳嘉总是尽可能地绕着道走。还有"花眼缭魔术店"的狸猫大叔，喜欢给柳嘉变戏法，可柳嘉每次都能猜出那些戏法的秘密。

除了没有完成戚梦萦要求的——借着送外卖的机会再找到孟鹿，其他事情简直不能更顺利了。

戚梦萦的加倍努力，也让她飞快地掌握了拉面馆日常工作的诀窍。她一人挑起了每天店铺账目的整理工作，成为一铭先生的得力助手，当然薪水也变成了柳嘉的三倍。另外，她还细心找出了账目的漏洞，挽回了一大笔损失。

当柳嘉知道这个消息时，惊讶得满地乱走。戚梦萦则不以为然地撩了一下头发，抱着账本自信满满地回到柜台继续工作了。

至于罗西和易天爵，柳嘉这几天四处送外卖时，倒是常常见到他们。

易天爵成了雷鸣阁武具店的见习店员，不仅如此，他还通

过自己的努力，买下了那根铁质赶猪棒。

每天清晨，他总是光着膀子，在店铺门口大汗淋漓地挥动赶猪棒，跟着野猪老板学习棍棒功夫。而罗西，短短几天就成了雾莲街的名人，人称"脑洞王者"的雪狼公爵。到目前为止，他已经连续十次刷新"古灵精智力擂台赛"挑战纪录，奖金挣得盆满钵满。

话说可怜的鲤鱼人古灵精先生，在雾莲街摆擂台已经15年，从居民到游客，打遍天下无敌手，直到罗西横空出世，他几乎再也没有赢过。

最近的一场比赛就在前天，擂台的地点设在雷鸣阁武具店门口，因为那操场够大。这天是古灵精先生赌上名誉的终极对决，几乎半个雾莲街市的人都赶来围观，柳嘉送外卖时刚好路过。

比赛主题是"模仿大赛"，但决赛只持续了不

臭小子，别得意！

有本事做做看！

到一刻钟就有了结果——罗西让鲤鱼人古灵精先生跟着他做一个闭眼的动作,古灵精当场气得直跺脚。赛后,雾莲街上再也没有出现过古灵精先生摆擂台的身影。

"买不起理发祭的票,跟我说。"罗西眉飞色舞地抛接着一大袋奖金,向柳嘉炫耀。

易天爵却将赶猪棒扛在肩膀上,不屑地朝罗西翻了个白眼,阻止了想开口求援的柳嘉:"歪门邪道挣的钱,男子汉不需要。"

柳嘉只好挠着头,尴尬地呵呵傻笑。

第八幕 结束

与雾莲街
诡眼蜘蛛

ACT
09

哦呵呵——

第九幕

难伺候的客人

　　虽然工作非常辛苦，但最令柳嘉开心的是，就在这天中午，他和戚梦萦拿到了人生中的第一份工资！柳嘉兴奋极了，感觉自己简直成了雾莲街市上的头号富翁。戚梦萦拿到一铭先生的特别奖励后，一直紧绷又疲倦的脸上也终于露出了笑容。

　　戚梦萦花费九个金牡蛎买了理发祭的海马票，而柳嘉则买了最末等级的咸鱼票。余下的钱，他打算买下清风堂那个鼻子会变长的小木偶。

　　正当他们有说有笑地回到厨房，准备开始下午的工作时，却看见洛茜趴在灶台上难过地抽泣着。竹子姥爷一边煮着面条，一边叹气，竹叶全都有气无力地耷拉着。

"我可能没法理发了。"洛茜抬起头，脸上满是晶莹的泪水，"我想在离开雾莲街市前理一次发，留下在故乡最后的纪念。可是梦乡旅馆怎么都不愿意卖票给我。"

"他们为什么这样做？"戚梦萦轻轻拍着洛茜的背安慰她。

"一定是梦乡旅馆的老板佐臣氏搞的鬼。"洛茜愤愤不平地说，"他是杜娜夫人的合伙人，管理着理发祭的票务，此前好几次请我去野藏家分店担任白衣舞娘，都被我拒绝了。一定是他在假公济私地报复我！明天晚上我和小涵就要离开了，这可怎么办？"

洛茜说完，又趴在灶台上痛哭了起来。柳嘉和戚梦萦交换了一个眼神，叹了口气。柳嘉把自己刚刚买好的那张咸鱼票从口袋里掏了出来，抿了抿嘴唇。然而，他刚要把票递给洛茜，戚梦萦却已经把自己的那张海马票塞在了洛茜的手里。

"可这是你的……"洛茜惊讶地看着戚梦萦。

戚梦萦摇了摇头："如果没有你的帮助，我们也许根本就没有机会挣钱买票。而且我剩余的钱，还够买一张咸鱼票。"

"小萦，我不能……"

"洛茜啊，店里来客人了。"一铭先生突然推开了厨房的门，平日里总是笑眯眯的脸上此刻却愁云密布，"是鹤鸣理发馆的杜娜夫人和梦乡旅馆的佐臣氏先生。"

洛茜顿时面色惨白："难伺候的客人来了。"

柳嘉和戚梦萦跟在一铭先生和洛茜的身后，穿过厨房来到了用餐区。几天前在记忆照相馆门前对叶亦涵大发雷霆的胖夫人，此刻正坐在拉面馆正中央的一张餐桌旁，傲慢地喝着茶。

她旁边坐着一位相貌非凡的男子。

他的皮肤是灰紫色的，头发像一颗颗螺丝般鬈曲着，五官虽然不及叶亦涵那样俊秀，浑身却散发着高贵冷傲的气息。

"他应该就是佐臣氏了。"戚梦萦小声对柳嘉说，"果然在杜娜夫人呵斥叶亦涵的那天出现过。"佐臣氏优雅地拉了一下华贵的紫纱披风，目光炯炯地盯着从厨房里走出来的洛茜。

不过最让柳嘉和戚梦萦惊讶的是，云团小姐竟然就站在他们身后，被一群有半人高、长着人类四肢的独眼草鞋士兵扣押着。

柳嘉刚想上前理论，却被戚梦萦拽住了胳膊，示意他先看看情形。

"是——你们吗？"胖妇人用唱歌剧一般的夸张声调自顾说着，完全没有抬眼看向厨房里走出来的众人，"我听说——你们店里有两位员工，和这个——疯婆娘一起吃过饭。"

"而且下雨天还在街上乱走。"佐臣氏的声音毫无感情，"这

可犯了雾莲街的大忌。"

"我们为什么不能和云团小姐吃饭？"柳嘉没忍住，走上前不服气地问，"而且是走在半路突然下暴雨，我们有什么办法？"

洛茜焦急地想要叫住柳嘉，但已经来不及了。

"哦哈哈哈！"杜娜夫人的笑声让整个拉面馆都在颤抖，"佐臣氏，你——来解释。"

"是，杜娜夫人。"佐臣氏站起身来，背着双手踱步到柳嘉和戚梦萦的面前，阴冷地俯视着他们，"这个疯女人妖言惑众，在雾莲街市外的告示牌上写有损鹤鸣理发馆和雾莲街名誉的谣言。如果你们是她的朋友，雾莲街市不欢迎你们。"

柳嘉和戚梦萦交换了一个惊讶的眼神，原来告示牌上那几句警示游客提防理发祭的话，竟然是云团小姐写的！

"杜娜夫人、佐臣氏先生，这两个孩子都是刚来雾莲街不久的游客，很多规矩他们并不清楚。"一铭先生焦急地解释着。

"而且那是他们刚到雾莲街时的事情！"洛茜情绪很激动，"他们都是好孩子，我可以做证！"

"那又如何？"佐臣氏冷冷地瞥了一眼一铭先生，眼角的余光狠狠地瞪了瞪洛茜，"'下雨天不许出门'是雾莲街市由来已久的老规矩！没有人能例外！"

"可是——"洛茜还想辩解。

"洛茜小姐，"佐臣氏打断了洛茜的话，凑到她的耳边悄声说，"早就劝过你，来我的旅馆做老板娘，就能过上荣华富贵的好日子，真不知道叶亦涵那穷小子哪点儿好。如果你现在……"

"住口。"洛茜生气地说，"我绝对不会答应你的！"

"那很好。"佐臣氏恼怒地哼了一声,"我代表尊贵的杜娜夫人正式宣布,一铭拉面馆的所有人都将失去参加本次理发祭的资格!"

一铭先生和洛茜惊讶得倒吸了一口凉气——不能参加理发祭对于雾莲街的居民来说,几乎和被赶出雾莲街市没有区别。

"哦哈哈哈——请你们——记住这个教训。"杜娜夫人高声大笑着,从座位上站了起来。

"等一等。"戚梦萦突然大喊。正押着云团小姐离开的杜娜夫人和佐臣氏停下了脚步,惊讶地转过身,眼神中透露着鄙夷。

"事情总有解决的方法。"戚梦萦神情坚定地走上前,"我们要怎样做,才能让你们改变决定?"

杜娜夫人上下打量着戚梦萦,涂着白粉的脸上浮现出一个饶有兴致的笑容。"小——姑娘,你倒是——挺有胆量。"杜娜夫人抬起手阻止想要打断谈话的佐臣氏,"我有一个——困扰我多日的谜题——如果你能答出它,我就——解除对拉面馆的惩罚。"

戚梦萦转身看了一眼柳嘉和神情焦虑的洛茜、一铭先生,鼓起勇气点了点头。

"你——知道我最有价值的时刻——是什么时候吗?"杜娜夫人幽幽地问道。

"明天。"戚梦萦不假思索地回答。

"明天?不正是——理发祭的日子?"杜娜夫人抬头看着戚梦萦,若有所思。

戚梦萦淡淡地笑了笑:"正是,这次理发祭盛况空前,不正是夫人你最有价值的时刻?"

杜娜夫人微微有些惊讶地看着戚梦萦，转而渐渐露出欣赏的目光，嘴角浮现出一抹诡异的笑意。

"答得好，小姑娘。"杜娜夫人语调十分夸张地说，"我收回刚才的——惩罚。鹤鸣理发馆，欢迎——各位的光临！"

柳嘉松了一口气，和戚梦萦相视一笑。洛茜紧紧拽住一铭先生的胳膊，几乎要喜极而泣了。

杜娜夫人缓缓走上前，对戚梦萦从头到脚看了又看，火辣辣的目光让戚梦萦感到浑身不自在。

"好！好！好极了。"杜娜夫人满意地喃喃自语，她抬起一只手，勾了勾手指，佐臣氏立即走上前去，凑到了杜娜夫人的跟前，"除此之外，我还要奖给这个孩子——一张海马票！作为被我选中的客人，我要——让理发师苔德——好好地招待她。她可是——难得的材料。哦不！人才！"

"可是——"佐臣氏完全无法理解，但看到杜娜夫人坚定的表情，只好无奈地咽下疑问，回头恶狠狠地瞪着戚梦萦，"海马票，下午我会派人送来，算你们走运。"

第九幕 结束

战栗吧!

ACT
10

第十幕

战栗理发祭

战栗理发祭如期到来了。

前一天下午，原本并不抱希望的戚梦萦，竟然真的收到了梦乡旅馆门口那只大灯笼送来的海马票。

柳嘉和她联络了罗西和易天爵，约定所有人第二天下午在一铭拉面馆门口集合，一起参加理发祭，正式开始他们的调查行动。

这天早晨，雾莲街市在一阵喧闹声中醒了过来。

天气并不算太好，却完全没有影响人们激动的心情。雾莲街上到处张灯结彩，连树上都挂满了剪刀形状的小彩旗。

越来越多的游客涌入街市，所有店铺门口都搭上了临时货

架，想趁着这一整天的热闹大赚一笔。于是雾莲街上的景象变得更加奇特了。

清风堂模型店的木偶们和隔壁白天涯面具馆的面具吵得不可开交，老不死书店的红木鱼老板咚咚敲着头，诵念他连夜创作的"理发祭赞美诗"。

梦乡旅馆野藏家分店门口的白衣舞娘，歌声比悲鸣花店里花朵们的哭声还要凄惨。

各家餐厅更是使出浑身解数，把带着古怪味道的烟雾吹得到处乱飞，雾莲街市的空气被染得五颜六色。

大家都迫不及待地期盼着战栗理发祭的正式开幕。

到了下午，兴奋的情绪就像爆竹一样在雾莲街上炸裂，"理发祭大游行"终于开始了！

此时所有店铺的工作人员都走上了街头，十几辆装饰怪异的花车在震天响的锣鼓声中，沿着雾莲街缓缓在山坡道上行进。

胸前挂着木箱的小摊贩们在拥挤的行人间穿梭叫卖，木箱上摆放着各种奇怪的小玩意——能跳舞的剪刀徽章、会冒烟的旋转彩灯帽，还有可以把头发随意变色的"辣唬喷雾"，以及一种可以把头发变成各种奇怪造型的"嘭嘭糖"，但只能保持5分钟。

"我真应该多攒点儿钱，这些都太好玩了！还附送卡片！"柳嘉在游行队伍中兴奋地手舞足蹈，吞下了一颗味道古怪的嘭嘭糖，结果头发变成了一个举着刺刀的将军雕像，对着周围的人大声怒吼："战栗吧，蠢货们！臣服于我的脚下吧！"

"柳嘉，你安静一点儿，有一句很重要的话我没有听清楚。"戚梦萦冷冷地瞪了柳嘉一眼。

她戴着一个奇怪的狸猫面具，而那个面具正在给她讲故事，内容是关于雾莲街的传奇理发师苔德。

"喊，我都玩腻了。"罗西不以为然地说着，从口袋里掏出厚厚一沓"嘭嘭糖"幻彩卡，每张卡片上面都有一个奇怪的发型。

"你到底买了多少嘭嘭糖？"柳嘉惊叹着瞪大了眼睛，语气中充满了羡慕。

"从古灵精那里赢来的钱全买这个了，还差两张卡片没有收集齐。"罗西耸耸肩膀，"口哨，把你的卡给我，我用这个跟你换。"

罗西用手指夹着一张叠起来的纸条递给柳嘉，顺势拿走了他手中的"愤怒的将军"卡。

"你赢了几十只金牡蛎，全买这个了?！"柳嘉仍然不敢相信，

"那你的理发券……"

"现在还差最后一张'大圣归来'。"罗西没有理睬柳嘉，喃喃自语地说着，转头看向旁边的易天爵，"蠢猴，我觉得你有希望中奖，来一颗？"

罗西从口袋里掏出一颗"嘭嘭糖"递给易天爵。

"死鱼眼，你想被我拿来喂赶猪棒吗？"易天爵瞪着罗西威吓道。

罗西却漫不经心地抬了抬眉毛，转身塞给柳嘉一个小纸团。

"这个故事对调查困在雾莲街的受害人毫无帮助。"戚梦萦泄气地摘下了狸猫面具，对男生们的话题丝毫不感兴趣，嘟嘴提醒道，"我们都应该认真起来，只有今天这一次机会调查理发馆，错过这次机会，要等到一年以后了。"

"但我们不是只能在这里待十五天吗？"柳嘉惊讶地问，头上的"将军"在愤怒地挥舞着刺刀。

戚梦萦点点头，悠悠地叹了口气。

柳嘉悄悄打开罗西递给他的纸条，震惊得几乎大叫，竟是一张被撕碎的海马理发券！

"这张理发券是谁的？"戚梦萦惊讶地问。

"女警孟鹿。"罗西轻描淡写地说，"我恰巧遇见她被几只大草鞋抓走了。她看起来倒没那么疯癫了，还悄悄把这个扔给了我。"

"罗西，你怎么到现在才拿出来？"戚梦萦有点儿生气。

"早点儿拿出来，就能解救他们吗？"罗西满不在乎地挑了一下眉毛。戚梦萦憋着一口气，瞪了罗西一眼，从口袋里掏出自

己的那张海马券，低下头沉思了几秒钟。

"等等，这后面好像有字！"柳嘉压低声音说。

"云团小姐说过，她父亲失踪时买的就是海马理发券。海马理发券可以享受理发师苔德的发型私人定制服务。"柳嘉装模作样地摸着下巴喃喃自语。

"我看，应该直接逮住理发师苔德！顺便教训那个胖妖婆和紫脸怪。"易天爵咬牙切齿地说。

柳嘉猜想，杜娜夫人和佐臣氏大概没少刁难雷鸣阁武具店。

戚梦萦忽然抬起头，目光炯炯地看着柳嘉三人："我想到个办法，也许可以找到孟鹿警官和其他受害人。"

雾莲街市并不大，游行队伍很快就来到了鹤鸣理发馆的门口。一路上，柳嘉和戚梦萦、罗西以及易天爵讨论着戚梦萦制订的作战计划。

"这样做真的没问题吗？"柳嘉在人群中压低声音担忧地说。

"我有海马理发券，直接去见理发师是最有效的办法。"戚梦萦斩钉截铁地说，"关键时刻我可以用乾坤手环通知你们。"

"喊。早知道我就把钱留下来买海马理发券了。"罗西对"最有效"三个字格外敏感地眯起了眼睛。

"不行！危险的事情应该让男生来承担。"易天爵坚决反对，摩拳擦掌想要独挑大梁。

"这张票是杜娜夫人送的，只有我去最合适。而且……"戚梦萦有些意外地看向易天爵，顿了顿，"不入虎穴，焉得虎子。"

"哼。"易天爵想反驳却找不出理由，只好转向柳嘉，"大话

精，你在旁边看好，有事情随时叫我。"

鹤鸣理发馆位于靠近山顶的坡地上，总共有五层，似乎是用好几幢旧民居改造的——红色的墙面，绿色的屋顶，一把巨大的银色剪刀架在屋顶上。

屋檐下面挂着一个硕大的牛首雕像，被红色的灯笼映照得狰狞恐怖，而在牛首雕像下，有一块绿底铜字的招牌——鹤鸣理发馆。

最让柳嘉惊奇的是，鹤鸣理发馆的下方，是一台笨重的机器，看上去像铁皮蒸汽船，可却没有船头和船尾。

许多奇怪的轮盘叠加在一起，在中间形成一道形状像鼓风机的大门，门上用铁皮和螺丝钉打满了补丁，看上去像个丑陋的巨型毒瘤。

在理发馆前的喷水池里，摆放着一尊两层楼高的杜娜夫人雕像，若不是发型相同，根本看不出这个纤瘦的雕像是杜娜夫人。

游行花车和人潮在理发馆前停了下来，身着盛装的杜娜夫人已经站在塔楼的露台上了，她像女王般俯视着一切。同样衣着华丽的佐臣氏，脸色阴沉地站在她的身后。

"久违了——亲爱的雾莲街居民们——亲爱的游客们——"杜娜夫人站在露台上大声说着，尖利的声音完全不需要扩音器，"欢迎大家——参加雾莲街战栗理发祭。今天，我们依然为——大家——精心准备了各——类理发项目！"

理发馆前掌声雷动，人们大声欢呼起来。柳嘉紧张地吞咽了一口口水。杜娜夫人抬起手挥了挥，人群又立即安静了下来。

"最近有些人——在外散播谣言，说我们——利用理发祭制

造可怕的事情，那完全是——无稽之谈，他们理应受到惩罚！"杜娜夫人愤慨地说着，宾客们挥着拳头附和着大声咒骂起来。

"雾莲街理——发祭，为实现——各位的梦想生活而设。众所周——知，由苔德先生——亲自理发的人，都能——过上理想中的生活！"

人群再次爆发出一阵欢呼声。柳嘉和戚梦萦、罗西以及易天爵交换了一个警惕的眼神。

"而今天——"杜娜夫人的声音陡然提高了一个八度，"我们的传奇理发师——苔德先生，将为所有人——提供超值服务！现在——我宣布——理发祭正式开始，让我们——迎接前所未有的美好未来！"

杜娜夫人话音刚落，人群中响起空前的掌声。

刹那间，理发馆上空绽放起五颜六色的剪刀状烟火。一群站在理发馆大门边用破铜烂铁做成的机器人，奋力地敲打着锣鼓，演奏出一连串像工地施工般的"音乐"。

柳嘉和同伴们挤在沸腾的人群中，穿过了理发馆那镶着碗口大小门钉的红色铁皮门。门内的独眼草鞋士兵在扇形走道里靠墙列成两队，瞪着大眼睛戒备地看着拥入的人群。

柳嘉从他们身边经过时，一个草鞋士兵死命盯着他，柳嘉总觉得他好像已经看穿了自己的秘密，紧张得心脏都快跳出来了！

"各位晚上好。"

终于走到扇形走廊的尽头。这里是椭圆形的挑高大厅，对面的墙上有三扇贴着五颜六色彩砖的圆拱门。

一位皮肤和头发都像纸一样苍白，长着猪鼻子的女生，面

无表情地站在大厅中央，她的身后还跟着一个额头上长着鹿角的雪白皮肤男生，以及一个额头上长着红色珊瑚的皮肤黝黑的女生，他们的脸上同样没有表情，就像用陶瓷做出来的人偶。

"我是鹤鸣理发馆的接待员——朱迪。"

"我是卢瑟，她是侯珊。"

三个"陶瓷人偶"报出了他们的名字。

"持河蟹票的客人请走左边的门，持咸鱼票的客人请走右边门，持海马票的客人请走中间。"猪鼻子女生朱迪说，"祝各位尽兴。"

人群吵吵嚷嚷地自动分流了，柳嘉、罗西和易天爵跟着一大群人往右边走去，皮肤黝黑的女生侯珊走在队伍最前面。而往左边走的人只有右边的一半，等候在门口的是那位长鹿角的男生卢瑟。戚梦萦和另外几个人跟着朱迪走向了中间那扇门。

柳嘉有些担心，不停地扭头看着走在隔壁队伍最末尾的戚

梦萦，不知不觉地便被人群推搡着走进了最右边的拱门里。

进门后，柳嘉立刻明白了为什么手中的票叫咸鱼票——门后的房间怎么看都不像一间理发馆，倒更像是饲养场和厨房！

钢铁搭建的天花板上雕刻着各式稀奇古怪的花纹，几十盏黑铁吊灯悬挂在用粗粝大石块垒实的墙壁上，闪耀着幽绿的光焰。几个从天花板上垂下来的铁灰色球形烟囱，往外冒着黑色的蒸汽；几十只背上转着螺旋桨的机械螃蟹，正忙着将客人们引导到各处。

柳嘉闭上眼睛用力摇摇头，想确定自己是不是眼花了。

"咻——"罗西兴奋地吹了声口哨。

易天爵震惊了几秒钟，很快恢复了镇定："哼，我可不会输给这些破铜烂铁。"

"三位客人，在下是你们的理发助理，贱名咚隆。"一把长着人类身体的琵琶走了过来，拨弄了一下脸上的琴弦，发出一阵滑稽的咚隆声，"请问您是把头寄存，理完发后来取，还是亲自感受我们的优质服务？"

柳嘉来不及回答，一个声音欢快地在他身边响起。

"嗨！小鬼们，我们又见面了！"

他们转头一看，发现五只乌龟正驮着五颗不同的头列队往寄存处走去，而刚才跟他们打招呼的，竟是在电车上遇见的那个蝙蝠猪巴比！柳嘉转头看到这些头的身体正安分地并排坐在墙角边的凳子上。

"我……我们不用寄存！"柳嘉惊惶地用力摁住胡思乱想的罗西，小声说，"我们与梦域碎片中的生物们可不一样，不要想

太多！"罗西一脸遗憾地耸了耸肩。

"看来三位是第一次来参加雾莲街的理发祭吧。"琵琶人咚隆打量了一下柳嘉、罗西和易天爵。

"嗯。"易天爵大大咧咧地回答，"理发师什么时候理发？"

"三位客人请先别急。苔德先生会按顺序为各位打理发型。"咚隆的笑声有点诡异，"在这之前，各位可以自由享受咸鱼厅的各项服务，这里从洗头到剪发，大多都可以自助。请允许我先向各位一一介绍。断发机！如果您喜欢小平头，那是最好的选择！"

咚隆挥手指向房间中央，那里放置着二十几个古怪的黑铁机器，锋利的黑铁铡刀就像毫无节奏感的琴键一般忽上忽下，切断了放在上面的雾莲街市居民们的头发。

那群常去一铭拉面馆的独眼小黄鸡蹦蹦跳跳地一齐躺在了同一台断发机上，铡刀"咔嚓"落下，他们的头顶瞬间变得光秃秃的，一个机械螃蟹拿着一把蘸着黄油的刷子在他们的头顶上飞快一抹，当独眼小黄鸡们从断发机上跳下，一滴油珠平滑地从他们的头顶上滚过并掉在地上。

"非常平整！合格！下一位！"机械螃蟹身体发出"刺啦刺啦"的声音。

柳嘉又害怕又兴奋地打了个哆嗦，身上直冒鸡皮疙瘩。

"那是什么？"

罗西兴致勃勃地指着角落一台巨大的机器问，只见那群发传单的红色果蝇就像红色的爆米花一般，在机器的玻璃箱里"呜里哇啦"地大叫着乱蹦，不一会身上的绒毛便"嘭嘭"地全炸

开了。

"那是炸毛机！"咚隆骄傲地说，"如果您喜欢爆炸式发型，请务必选择它。另外还有自动烫发卷，也许适合这位客人！"

琵琶人看了看易天爵，而在他手指的方向，几十只绿色毛毛虫正在孟阿婆的头发上打着滚，不一会儿她的头发全都卷了起来。

"哼，鬈发是女生的发型。"易天爵脸色发青地说。

"另外还有削发机、上油机、吹风机。"琵琶人带着三人围着大厅走了一圈，最后穿过拥挤的宾客等待处，走到了墙边。

那里有几十根粗制滥造的黑铁链沿着粗粝石墙壁，从天花板上垂落下来，有的铁链上挂着大小不一的动物皮毛，有的则挂着古怪的工具。

"这是自助洗头机。"咚隆话音刚落，一个螺旋装置突然降了下来，套住了下面坐着的桃子奶奶的头发，开始飞速旋转清洁起来。

"洗完头真舒服……小朋友们也来试试！"在柳嘉震惊的目光中，桃子奶奶满意地起身离开了，她的头发被旋成了一个陀螺的造型。

"你要试试吗？"咚隆热情地询问柳嘉。

"不，不必了！"柳嘉惊慌失措地捂着头发拼命摇头，嘀咕了一句，"正常人类才不会干这样的事情"。

咚隆狐疑地上下打量起柳嘉。

"给你。"罗西从口袋里掏出一枚银贝壳递给咚隆，"接下来我们自己玩。"

"谢谢！谢谢客人！"咚隆拿着那枚银贝壳，点头哈腰地走远了。

柳嘉终于松了一大口气。易天爵则警觉地把手搭在柳嘉的胳膊上，在他耳边压低了声音。

"喂，大话精，你的乾坤手环亮了。"

———— 第十幕 结束 ————

您想剪怎样的发型？

与雾莲街
诡眼蜘蛛

第十一幕

诡眼理发师

看到乾坤手环里传来戚梦萦的暗号，柳嘉在罗西和易天爵的掩护下，使用朦胧术从皮肤里喷出一团黑雾，将自己隐匿其中。然后他脚底生风般离开了咸鱼厅，回到半圆形大厅，轻而易举地穿过中央那扇关闭的拱门。

"谁？"守在门口的朱迪警惕地东张西望。

柳嘉得意地扬起眉毛，在她面前扭起滑稽的机械舞步，迈入门后那个像烟囱一般狭长的空间，然后站在一块厚厚的木板上，志得意满地朝朱迪挥手告别。不一会儿木板突然向上升起——这竟然是一个浮梯。

浮梯缓缓上升，没过多久便停了下来。

柳嘉的面前出现了一扇嵌着深蓝色玻璃的丝绒大门。

乾坤手环坐标显示戚梦萦就在这扇大门后边。柳嘉闭上眼睛，像空气一样从大门中央穿了过去——当他看到门后的一切，瞬间惊呆了！

这是一个让人目眩神迷的梭形穿顶空间，弧形墙上铺满了像碎纸片般大小不一的深蓝色玻璃镜面，每一面镜子里都倒映着星星点点的橙色荧光，仿佛星辰密布的浩瀚宇宙般绚烂。大门正对面的墙上，有一个凸出来的半球形棱镜，蓝色三角镜片就像鱼鳞一样闪烁着深幽梦幻的光芒。

戚梦萦正站在这个半球形棱镜前，她旁边有一张透明棱镜做成的椅子。

"柳嘉，你来了吗？"戚梦萦看了看乾坤手环，若无其事地悄声问。

"当然，乐意为您效劳。"柳嘉调皮地笑着绕戚梦萦转了一圈，放松身体后，黑雾散去，他显形在戚梦萦的面前。

柳嘉忽然震惊不已，此时周围的那些镜片，一瞬间全都映出了他的倒影，并且每一面镜片中的影像都不一样。

其中一面镜子里，他正穿戴着黑色的博士衣帽，神情倨傲地抱着一沓厚厚的书本；另一面镜子中，他比崔牛牛还胖，而且嘴里还塞满了巧克力；有好几面镜子里，他都和父亲母亲在一起，做着不同的事情；还有一面镜子，里面竟然是他和戚梦萦在开心地聊天，戚梦萦绽放出灿烂的笑容，如一朵美丽的水仙。

"你也看到了吧？"戚梦萦突然说话，让柳嘉吓了一跳。

"嗯，你也看到了？"柳嘉问。

"奇怪的是，"戚梦萦严肃地说，"我看不到你在镜子里看见的画面，你应该也看不到我的吧？"

柳嘉点了点头。

"对了，这是哪里？"

"是苔德的专用理发室。"戚梦萦神情紧张地看着周围的镜面，"这些镜子里的倒影，应该是我们心里渴望的、各种不一样的自己。你还记得吗？大家都说，被理发师苔德理发后，就能过上自己理想中的生活。"

"可是，理发师呢？"柳嘉四下张望着奇怪的房间，镜子里的那些他也都跟着一起摇头晃脑。

戚梦萦摇了摇头："我刚才一直在门口等待，大约 10 分钟前就轮到我了。排在我前面的几个客人，进来之后就没再出去。我没有机会了解里面的情况。"

这时，房间的镜面突然发生了变化，渐渐地变成了暗紫色。半球形棱镜上的镜子碎片就像马赛克一般明暗不定地闪动起来。

"柳嘉，快隐身。"戚梦萦紧张地说。

柳嘉急忙释放出黑雾，将自己再次隐藏了起来。

戚梦萦在半球形棱镜前的玻璃椅上坐下，偷偷将衣角往柳嘉的方向塞了塞，接着悄声说道："记住，过会儿不管发生什么，都不要现身。如果没猜错的话，你只需要跟着我，就能找到所有受害人。"

柳嘉轻轻应了一声，抓住了戚梦萦的衣角。

当衣角和柳嘉一起隐藏在了黑雾里，柳嘉忽然发现，房间镜子中的画面竟然全变了，里面出现了无数个不同的戚梦萦——

留着利落短发，穿着黑色西装，在外交论坛上发言的戚梦萦；穿着华丽晚礼服，微笑着走在红毯上的戚梦萦；穿着白纱蓬蓬裙跳芭蕾的戚梦萦；和一群女生一起编花环的戚梦萦；正在给一大群流浪猫和流浪狗喂食的戚梦萦；还有和父母紧紧拥抱在一起的戚梦萦……

"看够了吗？"戚梦萦朝柳嘉的方向冷冷地瞪了一眼，吓得柳嘉赶紧收回目光。他还没来得及解释，半球形棱镜上的镜面像水波一样荡起了涟漪，一张扭曲的人脸渐渐浮现在镜子里。

"欢迎您，第 293 位客人。"一个低沉的声音响起，镜面上出现了一个中年男人的身影。他穿着黑色的燕尾套服，身披一件暗紫色天鹅绒斗篷，深黑色的头发乱蓬蓬地堆在头顶。他苍白消瘦，半边脸上戴着用各种形状的铁皮拼接起来的面具，露出来的那只眼睛就像随时都会淌下眼泪般，充满了深深的忧郁。

"您好。"戚梦萦语气平静地说。

"您好。我是您的专属理发师，苔德。"苔德淡淡地回答。

棱镜里的苔德就站在戚梦萦的身后，可是柳嘉转头看去时，那里却什么也没有，他浑身的汗毛都竖起来了。

"尊贵的客人，请问你想剪怎样的发型？"苔德问道。

"你的意思是，我想成为什么样的自己？"戚梦萦试探地反问。

"可以这样理解。"苔德点点头，"发丝是生命的延续，修剪发丝就是在修剪命运。你不想让它有个新的模样吗？"

"如果可以，我希望能剪去所有的悲伤……"戚梦萦自嘲地

笑了笑，"请问，你能做到吗？"

苔德没有回答。他只是轻轻地将斗篷撩到一边，露出斜挎在腰上的枪形牛皮挎包，里面插着大大小小十几把剪刀。

"凤鸣、鹤唳，该干活了。"他从挎包里抽出了一把银色的剪刀，那把剪刀的金属手柄分别是一个男人和一个女人的上半身雕塑，他们的眼睛里嵌着红色的宝石。

剪刀手柄上的男人雕塑，半边身体被做成了梳子。

苔德轻轻地梳理了一下镜子里戚梦萦柔顺的头发，男人雕塑竟然大声喊叫了起来，眼里闪烁起诡异的光："哦，多么美丽、甜美而又温顺的发丝！却又是那么的、那么的悲伤！苦涩！冷漠！凶暴！"

"辛苦了，凤鸣。那么鹤唳……"苔德边说边将戚梦萦的另一束头发绕在女人塑像的一只手上，那只手被做成了一个发卷。

"发丝中的神魂令人惊奇。"女人雕塑鹤唳梦呓般地说，"从未曾见，史无前例。"

"他们在说什么？"戚梦萦看着镜子里拉扯着自己头发的剪刀手柄，悠悠地问。

"请不用担心，客人。"苔德表情阴郁地回答，目光仿佛能穿透镜子一般，"我们一定会实现你的心愿。"

戚梦萦紧张地吞咽了一口口水，她甚至没有察觉到柳嘉拽了拽她的衣角，提示他仍然在旁边。

"那么，让我们开始吧！"男人雕像凤鸣兴奋地说，"首先尝试一下，冰雪之眸——一款华美且高傲的发型！"

苔德在镜子里挥动起剪刀，飞快地梳理着戚梦萦的头发，

一眨眼的工夫，她的头发竟然变成了一只眼睛，耷拉在额头前面。

"咦？"当柳嘉惊讶地转过头去，他发现镜子前的戚梦萦的发型竟然也随之改变了，乱蓬蓬地被揉成了一团，和镜子里并不一样。

"不，冷傲之墙并不能阻挡如滚烫河流般的悲伤！"鹤唳喃喃自语。

"下一个。"苔德说。

"燃烧的黄昏——决绝！壮丽！将旧世界付之一炬！"男人雕像激动地说。

苔德像跳舞般手脚并用地围着戚梦萦绕了一个圈，不一会儿，镜中戚梦萦的头发变成了一轮"夕阳"，在头顶闪着耀眼的金光。

"噢，不对，"鹤唳叹息，"悲伤是泥中灰、池中水！晒不干也烧不尽！"

"好吧，好吧！"凤鸣苦恼地叹了口气。他们给镜子里的戚梦萦尝试着一个又一个发型，每失败一个，墙上便有一块镜子碎片变得漆黑，不再倒映戚梦萦的身影。

"苔德，咱们可遇上了一位麻烦的客人。"当第 102 块镜子碎片变得漆黑，凤鸣闷闷不乐地说。苔德眉头紧皱地点了点头。

"别泄气。"鹤唳安慰地说，"上百年来，我们可从来没有失败过，这是我们的使命。"

"你总是这样说。"凤鸣无可奈何地叹了口气，忽然，他的红宝石眼睛再次闪烁起耀眼的光，"对了，我怎么忘了那个——很多很多年前，我们遇到过和这个姑娘极其相似的头发！我想

起来了，一定是这样，没错，就是它——悔恨之心！"

苔德再次挥舞起剪刀，修剪起戚梦萦的头发。

这一次，戚梦萦和镜子里的发型变得完全一样——一颗贴在后脑勺上的桃心！更让柳嘉震惊的是，房间里几乎所有镜面忽然都变成了鲜红的颜色，镜子里的"戚梦萦"露出了凄美的笑容，而坐在他旁边的戚梦萦则像失了魂的木偶，两眼直愣愣地看着前方，一脸麻木。

"成功了！成功了！"剪刀手柄凤鸣激动地大喊，"当害怕蜘蛛的时候，唯有成为蜘蛛，才能消除恐惧！"

"是的，是的！"鹤唳也变得兴奋起来，"当悲伤太多的时候，唯有让悔恨将悲伤的心撕成碎片，才能承受伤痛！"

苔德抬起头，目光定定地看着镜子前的戚梦萦。

他慢慢走到镜子旁边，拿起剪刀——凤鸣、鹤唳，开始在半球形棱镜镜面上剪了起来。柳嘉惊恐地看见，棱镜镜面竟然被苔德剪出了一条黑色的裂缝，紧接着裂缝变得越来越长，苔德像撩开两道窗帘一样，将这道裂缝往两边拉开。

几秒钟后，他从镜子里走了出来，站在了柳嘉和戚梦萦的面前。

"客人，请您前往蛛网森林，那些陪伴你多年的朋友，选择今晚作为她们的首次亮相。去吧，透过那模糊的未来黑暗，你将看到多年以后他们的模样。"苔德对凳子上面无表情的戚梦萦低声说。

戚梦萦就像接收到指示的机器人，木讷地从凳子上站了起来，往苔德剪开的裂口走了进去。柳嘉紧紧地抓住戚梦萦的衣

角，在苔德阴郁的目光和银剪刀的尖笑声中，跟在戚梦萦身后穿过了黑色的裂缝，来到了半球形棱镜镜面的幕后。

镜面裂缝在柳嘉和戚梦萦的身后关闭了。

发出的巨大声响丝毫没能让柳嘉从震惊中回过神来。

他们眼前出现了一个宽大的院子，被灰蒙蒙的浓雾笼罩着，分不清楚是清晨还是黄昏。一个三四岁的小女孩，坐在院子一角的秋千椅上，怀里抱着一只头戴棒球帽的巨大泰迪熊，轻声地唱着童谣。

洋娃娃和小熊跳舞，跳呀跳呀，一二一……他们在跳圆圈舞呀，跳呀跳呀，一二一……

那个小女孩看上去就像缩小了的戚梦萦，秀丽但没有表情的脸庞上，一双大眼睛冷漠地望着前方。让柳嘉觉得不可思议的是，眼前的景象竟然全都是用各种颜色的纸片搭建和修剪出来的，连小戚梦萦也不例外，看上去逼真极了！

柳嘉发现身边的戚梦萦虽然表情僵硬，目光却微微颤动着。

秋千上的小戚梦萦忽然沮丧地自言自语："小熊，你说得对，他们今天也不会回来了。"

这时，叠纸空间右边的院子甚至是天空，就像书页一般沿着院子中央的一条鹅卵石小道向左翻倒、重叠，新的空间随之展开，一幢城堡般的白色别墅赫然出现在柳嘉和戚梦萦的眼前。柳嘉目瞪口呆地看着这一切，戚梦萦却对眼前的奇景完全无动于衷。她熟练地穿过别墅大门，柳嘉拉着衣角跟了进去。他们所到之处，墙面、天花板以及地板在不停地往各个方向折叠、翻开，各种家具、装饰物、旋转楼梯就像变戏法一样一一冒了出来。

当柳嘉回过神，他已经站在了一个光线昏暗的小房间里。

这是一间儿童房，里面摆满了各种女孩喜欢的玩具，但都是剪纸。

房间里最引人注目的，是一幢几乎和小戚梦萦一样高的玩具屋。

小戚梦萦坐在玩具屋前的地板上，和身边的泰迪熊，一起注视着一个大大的生日蛋糕。小戚梦萦看起来似乎很高兴。这时房间门突然打开了，一个系着围裙的老妇人出现在房间门口。

"小萦，你爸妈刚才来电话，今天工作太忙，不用等他们了。"

小戚梦萦愣住了，然后变得有气无力。等到房门重新关上，她失望地叹了口气，有些生气地起身拉开玩具屋的外壳，从下方的一个暗格抽屉里掏出一大堆微缩模型，开始装饰起玩具屋一楼的餐厅。

她在餐桌上摆了几块切好的蛋糕，然后挑出了三个人形模型——一个中年男人、一个中年女人和一个小女孩，摆放在玩具屋的餐厅里，围着堆满食物和餐具的餐桌。

"爸爸妈妈给小萦过生日了……"小戚梦萦抱起旁边的泰迪熊，声音低哑地哼起了歌，"祝我生日快乐，祝我生日快乐……"

柳嘉感觉身边戚梦萦的身体在激动地颤抖。

这时，整个房间轻轻晃动起来，如一页日历般向右上方折叠过去。柳嘉眼前的景象开始飞速变换，仍在这间屋子里，摆设和装饰不停地改变，小戚梦萦也随着空间的更迭而长大，表

情变得越来越沉静，唯一不变的，只有那只陪伴在她身边的泰迪熊玩偶。

当空间折叠停止，柳嘉感觉像刚坐完过山车一样头晕目眩。

而戚梦萦则一直沉默不语地站在他身边，目光激烈地闪烁着。

此时，房间里多了一个人，柳嘉一眼就认出那是戚梦萦的母亲——戚灵珊。而小戚梦萦看起来也有六七岁了。她和之前一样坐在玩具屋的前面，怀里抱着泰迪熊。

这次她将其中一个小房间布置成了教室，而其他几间则摆放成父亲和她在沙发上看电视的场景、母亲躺在床上为她讲故事的场景、母亲和她一起跳舞的场景，还有父母带着她准备出门旅行的场景……

"小萦儿，这次学校的游园会，妈妈可能赶不回来了……"戚灵珊充满歉意地说。

小戚梦萦手里紧紧捏着一个小女孩的模型，没有说话。

"抱歉，小萦儿，下一次妈妈一定……"

"没有下一次了！"小戚梦萦突然愤怒地把手中的模型扔了出去，砸在了戚灵珊身上，"小熊说得对，你答应我的事情，每一次都做不到！"

"小萦儿，妈妈和爸爸最近的工作……"

"我讨厌你们的工作。"小戚梦萦用力推翻了玩具屋，小房间里的模型散落一地，"如果对于你们来说，我只是个可有可无的普通小孩——那么以后，我再也不需要你们了！我有小熊就够了！"

戚灵珊弯腰捡起脚边的小女孩模型，难过地叹了口气，表情黯淡地离开了房间。

在小戚梦萦的抽泣声中，空间再一次被折叠。

柳嘉侧过头去，发现身边的戚梦萦已经泪流满面了。几秒钟后，柳嘉和戚梦萦站在了一个光线昏暗的剪纸书房里。

折纸书桌后，像极了戚梦来院长的纸人正痛苦地抱着头，小戚梦萦抱着泰迪熊站在书桌前，困惑地看着他。

"孩子，对不起。"戚梦来院长痛苦地说，"灵珊和无云……回不来了。"

小戚梦萦愣愣地站在原地，过了许久才发出一个微小的声音："他们……工作太忙了，是吗？"

"不是这样……"戚梦来院长声音苍老而悲凉地回答。

"他们……就那么讨厌我吗？"小戚梦萦的声音在颤抖。

"不，恰恰相反。他们都很爱你。"戚梦来院长说着，将一封信递到了小戚梦萦的面前，"这是灵珊执行任务前写给你的信。你还太小，许多事情我们无法对你一一说明。但你一定要相信，你的爸爸妈妈所做的一切，都是为了能实现你的愿望，让你过上和普通孩子一样快乐的生活。"

小戚梦萦瑟瑟发抖地展开那封信，空间开始向下折叠，柳嘉和戚梦萦再次回到了儿童房里。小戚梦萦紧紧抱着泰迪熊站在玩具屋旁抽泣。屋里的小房间她已经重新布置好了，全都是她所憧憬的和爸爸妈妈在一起的快乐场景，然而他们却再也不会回来了。

"小熊，我想做个平凡的小孩，和爸爸妈妈幸福地生活在一起，难道错了吗？"小戚梦萦悲伤地说着，已经泣不成声，"爸爸和妈妈……真的再也回不来了吗？我和妈妈说的最后一句话，竟然是讨厌她……我想告诉爸爸和妈妈，小萦儿想他们，小萦儿爱他们，小萦儿想要爸爸和妈妈回家……呜哇啊啊啊！"

小戚梦萦悲伤的痛哭声，如幽灵般在房间内不断地回响，并且变得越来越大声。渐渐地，这些声音开始扭曲，接着仿佛被利刃划破了一般，变成丝丝缕缕……似乎有无数个声音在同时一起说话。

窸窸窣窣……窸窸窣窣……

起初，这些被分裂出来的声音并不太清晰，然而当它们变得越来越响亮，柳嘉发觉这些声音竟然在说着不同的话！它们有的在大笑，有的在哭泣，有的在吵闹，还有的如梦呓般呢喃，或是忧伤地说着什么。

"小，小萦……不要，不要哭……我们会永远陪着你……"

"他们……爸爸和妈妈都是骗子……不爱我们……"

"院子里的小鸟生蛋了呢……把蛋掏出来砸碎吧……我们没有爸爸妈妈……其他的小孩都不应该有爸爸和妈妈……"

"爸爸妈妈会回来的……我们要相信他们……"

"我们把这房子烧了吧……空荡荡的……好讨厌哦……"

"对，烧了吧！""烧了！""烧！"

戚梦萦面色苍白，身体在痛苦地颤抖着，仿佛快要被撕裂了一般！

"她们……来了……都……来了……"她声音颤抖地喃喃自语。

"她们？是谁？"柳嘉吃惊地问，"那些陪伴你很多年的朋友吗？"

戚梦萦沉默不语。但那些声音在这间房子里大声说着话，甚至互相聊天、争吵……戚梦萦难以遏制自己的情绪，痛苦地捂住耳朵，大声尖叫起来。

忽然间，小戚梦萦手上的信纸上蹿出了一道火苗。

她将烧着的信纸扔向了她心爱的玩具屋，不到一秒钟的时间，玩具屋也炽烈地熊熊燃烧起来。柳嘉惊恐极了！他和戚梦萦所在的这个折纸空间四处冒起了滚滚浓烟，不一会儿，整个空间变成了一片赤红火海。

周围的声音有的在尖叫，有的在呼喊，有的在庆贺。

小戚梦萦抱着泰迪熊，站在漫天的烈火中，脸上露出凄凉的笑容。

柳嘉用力拽了拽戚梦萦，提醒她赶紧想办法逃离。可是戚

梦萦却不为所动，像着了魔一般，目光呆滞地望着火海中的小戚梦萦。而此时，小戚梦萦慢慢地转过头，与戚梦萦四目相对，脸上露出一个痛苦的笑容。

"你已经后悔得快要死掉了，是吗？可是为了卑微地活下去，你打算把这颗悔恨之心，深深地埋藏起来对吗？去看看吧……看看那些在悔恨中腐烂的你。"

小戚梦萦的身上也被火焰点燃了，戚梦萦就像提线木偶一般慢慢地朝她走了过去。而就在她准备握住小戚梦萦被大火烧成灰的手的那一刻，柳嘉突然从黑雾中显形，一把拽住了她的手臂。

"戚梦萦！快醒醒！危险！"

然而戚梦萦仿佛听不见柳嘉的声音，继续向在大火中狂笑着的小戚梦萦伸出双手。

就在这时，燃烧的空间再次从上至下地折叠，发出轰然巨响。

柳嘉下意识地用手臂护住头。当巨响声渐渐安静下来，他抖落满身的纸屑，发现折纸空间已经被烧成了灰烬。

柳嘉随之跌落到了一个巨大的岩洞里。

———— 第十一幕 结束 ————

第十二幕

莲华·黑魇蛛梦

　　岩洞中央是一片幽暗的湖泊，一根根如野兽利齿般的钟乳石环绕四周，在黑暗中闪烁着幽绿的光泽。而在漆黑发霉的湖面之上，一张巨大的银白色蜘蛛网横亘在洞穴的半空，戚梦萦被缠在蛛网的正中央。

　　她的身体被蛛丝紧紧地包裹着，如同一枚苍白的茧。

　　不仅如此，四周的洞壁、钟乳石，甚至地面，到处结满了厚厚的蛛网，一枚枚大小不一的白色蜘蛛卵犹如晶莹剔透的椭圆晶石，三五成群地簇拥在这些蛛网上。

　　这些蜘蛛卵大小、形状，甚至连颜色都不一样。

　　最大的那一颗几乎和柳嘉一样高，居高临下地屹立在洞穴

最深处的角落里，闪耀着黑红相间的幽光。其他的蜘蛛卵也全都忽明忽暗，轻轻地涌动着。显然生长在卵壳里的生命体都还活着。它们或许在沉睡，或许在等待……或许在迫不及待地筹备着破茧而出。

洞顶滴落的水珠，敲打在蛛网和水面上，发出空洞的弹拨之声。

"戚梦萦！"柳嘉从小湖旁边的泥地上站起来，轻声呼唤。

然而戚梦萦没有丝毫反应，她神情木讷，像失了魂一般。那些蛛丝似乎正缓缓地蚕食着她的生命力，令她变得虚弱无力。

咔、咔嚓、咔嚓咔嚓……洞穴里回响着一阵脆响，是蛛卵碎裂的声音。

柳嘉看到了一幅神奇的画面。

洞穴中的蜘蛛卵已经孵化成熟了。发光的卵壳破碎之后，从里面走出一个个形体各异的女生！

她们全都长着和戚梦萦一样的面孔，但是年龄、眼睛、发型、身高和体重却不尽相同……有的如野兽一般，动作迅猛地从卵壳里跃出；有的如蝴蝶一般，身姿轻盈地钻出卵壳，踮起脚尖欢快地蹦跳；有的如蛇蝎一般，滑落在地上，迷茫地睁着眼东张西望；有的如玄鸟一般，仍然蜷缩在卵壳中，似乎不愿意醒过来……只有洞穴深处最大的那一枚黑色蛛卵，悄无声息地散发着幽光。

渐渐地，这些从蛛卵里孵出来的"戚梦萦"全都站了起来，密密麻麻地聚集在一起，朝仍然被缠在蛛网中的戚梦萦走去。

她们的身体轻飘飘的，如精灵般在漆黑的湖面上行走……

柳嘉从上百个的"戚梦萦"中，认出了其中一个！依稀是他曾在星桥镇广场旧书店里偶遇过的戚梦萦！她长发披肩，穿着齐脚踝的连衣裙，飘然出尘，在人群中闪耀着神秘而美丽的淡淡银光，犹如绽放在月光下的一朵幽兰。

还有穿着牛角扣外套，背着书包的戚梦萦，酷似戚梦萦第一次出现在明德学校时的模样！她的肩膀上沾着一片金黄色的银杏叶。

在不远处，一个戚梦萦正默默地流淌着眼泪，犹如在永眠墓地看见聚魂棺内的父母后，伤痛欲绝的样子。

还有扎着双马尾的戚梦萦，她双手插在衣兜里，眼神愤怒而又叛逆；穿着紧身皮裤的戚梦萦；脖子上戴着黑色的蕾丝颈带的戚梦萦；半张脸儿被遮挡在黑色的棒球帽檐下的戚梦萦；艳红的嘴唇单薄而凌厉的戚梦萦；神情阴郁并且充满杀气的戚梦萦……刚才那个小戚梦萦也走在人群之中，她抱着泰迪熊娃娃，忧伤地唱着歌曲。

此外，还有许许多多的"戚梦萦"，全都是柳嘉从未见过的模样。

其中有一位70多岁的老妇人，她怀抱着一只白色的猫咪，岁月在她的脸上雕刻下道道痕迹，却在她的目光中留下了睿智与平和。

最让柳嘉吃惊的，是一位30多岁的男生！他也长着和戚梦萦一样的脸，但多了几分英气。他身材高挑，留着利落的短发，穿着皮靴和牛仔裤，风尘仆仆的模样竟和柳真夜有几分相似。

从蜘蛛卵里走出来的"戚梦萦"们，围聚在湖中央的那张

蛛网四周，黑色的水波在她们的脚下涌动荡漾。

"小紫儿，我来给你讲个睡前童话好吗？"大姐姐模样的"戚梦萦"，手中拿着一本故事书，温柔地轻声呼唤。

"29号？"缠绕在蛛网上的戚梦萦微微睁开眼，发出虚弱的声音。

"29号，10号已经不再需要你的童话故事了。"扎着双马尾的"戚梦萦"冷酷地说，她的眼角处有一道可怕的伤疤，"即便年少，智慧如我们，难道还需要沉湎于虚幻的快乐吗？逃避是可耻的，虚假的快乐，麻痹不了我们的神经！"

"说得不错，14号。"不远处，穿着皮靴的男生"戚梦萦"，义正词严地提出忠告，"没有实力，该如何去守护亲人和朋友呢？"

"36号……"戴着眼镜的"戚梦萦"，忧伤地将一只手轻轻搭在男生"戚梦萦"的肩膀上，"这个世界并不需要我们，是我们需要这个世界。"

"我好累，好难过，就在这片湖水中，让悲伤和孤独就此终结吧。"年近50岁的中年妇女"戚梦萦"，浑身伤痕累累地坐在湖面上，双手捂着脸痛哭着。那位抱着小白猫的老妇人"戚梦萦"，在一旁抚摸着她的后背，轻声安慰。

"这一切都是你的错，小紫儿！如果不是因为你，爸妈就不会死！我们也就不会落得这步田地！"衣衫褴褛的"戚梦萦"17号，噙着眼泪站在人群中，愤怒地大声咆哮。

"没错！""都怪小紫！""小紫——"越来越多的"戚梦萦"出声应和。

"可是……我……"蜘蛛网上的戚梦萦无力地呢喃。

　　"我认为是 5 号的错！我们和妈妈最后一次见面的时候，5 号和妈妈吵架了！"有人在人群中大声说，柳嘉已经看不清楚谁是谁了。

　　"难道说是我的错吗？爸爸和妈妈根本不爱我！"抱着泰迪熊的小女孩 5 号愤怒地哭泣着。

　　"是我的错！只有更强大，才能将爸爸和妈妈救出梦魇。"

　　"是 44 号的错！""不对，是 21 号的错！""是你的错！13 号！""是你！"

　　"戚梦萦"们在湖面上争吵着，咒骂声、哭喊声在洞穴里回响，到最后，柳嘉根本就听不清楚，她们究竟都说了些什么。

　　没过多久，"戚梦萦"们竟互相厮打起来！

　　她们将手中燃烧着的银白火球，疯狂地朝对方投掷，岩洞中的蜘蛛网全都沾染上了火焰。直到银色火焰在湖面上蔓延，被缠在蛛网上的戚梦萦，发出虚弱的声音："住手……"但已没有人在乎她的低语了。

　　即便是柳嘉，也被眼前的景象所震慑，惊愕得半天说不出一句话来，只能踉踉跄跄地退到了洞穴的一处角落里，后背紧贴在冰冷的岩壁上。

　　这时候，他发现银色火焰已经延烧到最大的那枚蛛卵旁！

　　黑色蛛卵在火焰中越来越激烈地震颤，黝黑的幽光充满了焦躁与愤怒。柳嘉的心中升起极为不好的预感。

　　突然，一团银色火球流弹击中了黑色蛛卵，发出一声闷响。

　　柳嘉惊慌地屏住了呼吸。只见黑色蛛卵的卵壳上，出现了一道裂缝。

咔、咔咔、咔嚓——

裂缝越来越大，一大块卵壳掉落下来。柳嘉看见一团黑色火焰逐渐吞噬起周围的事物，并且飞快地旋转、聚拢、成形，随后卵壳猛地炸裂！一个漆黑的身影冲出，飞到洞穴半空中，发出足以刺穿灵魂的尖啸声！

洞穴中各个编号的"戚梦萦"，全都痛苦地捂住了耳朵……

柳嘉连忙将自己隐匿在黑雾中。他抬头朝那个黑影子看去——在半空中的，根本就不是一个人，而是一个奇怪的生物！

尽管她也长着戚梦萦的脸孔，但浑身皮肤灰黑，耳朵又尖又长，脸颊上刺满了蛛网形态的战纹，两道银眉犹如昆虫触角，眼眸和脸部的裂纹深处泄漏出熔岩般的火红色泽！不仅如此，黑色火焰在她身后燃烧，逐渐凝聚成几束黑红相间的火柱，远远看去就像一只蜘蛛的形态。

她大声尖啸，如猎鹰般猛地朝"戚梦萦"们俯冲过去！

黑色火焰瞬间将银白火焰吞噬。"戚梦萦"们在黑色火焰中熔化，成了黑色火焰的一部分。顷刻间，整个岩洞只剩下一片黑色的火海，以及这片火海的主人，还有她的猎物——蛛网上的戚梦萦。

柳嘉隐藏在黑雾中惊慌地看见，那个怪物正气势凌人地朝蛛网上的戚梦萦走了过去，居高临下地站在了她的面前。

"幸会，小萦。"怪物冷漠而妖娆地笑着。

"103 号……是你……"戚梦萦低声说。

"嗯哼。"103 号怪物哼笑着，冷冷地环视整个洞穴，"是谁在自己的精神世界里作茧自缚，创造了这个幽深洞穴？将无法承

受的悔恨、痛苦、憎恶、绝望、邪念，还有羞于表达的快乐，全都埋藏在这里，随着时间静静地腐烂。"她说着，用如野兽般尖锐的手指托起戚梦萦的下巴，让她的双眼与自己对视，"我们都诞生于你的喜怒哀乐之中。我们是你，你也是我们。而我在你的恐惧中诞生，在最深的绝望里炼化，我就是你心中最沉重的悔恨与悲伤。是你，让我诞生，可如今，你又要将属于我的执念一刀剪去。"

戚梦萦一脸歉意地看着103号，不知该如何回答。

"不需要同情，感伤毫无意义，小萦。"103号用力抽开手，锋利的指甲划破了戚梦萦的脸颊，留下一道鲜红的印子，"我不像你和其他那101个数字人格，时间之河已将我的所有感情，冲刷殆尽。"

她轻轻地抬起一只手，黑色的火焰在她的手心中蹿动。

"来，和她们一起熔化在我的黑焰之中。只有在毫无感情的世界里，你才不会有痛苦，只有在那里，我们才不再悲伤。我将代表你们站在月光下，飞驰在夜色中。从此以后，再也没有戚梦萦。这具美丽的身体将由我——吞噬所有人格后的5356号来主宰！"

怪物放声狂笑着。岩洞中的黑色火海仿佛感应到了她的心情，激烈地涌起更为巨大的火浪。戚梦萦的身躯在蛛网上被黑色火焰烘烤着，她仰起头，发出痛苦而惨烈的尖叫声！

"戚梦萦——"

柳嘉凝聚心神，再次施展朦胧术，飞快地冲到了戚梦萦的身边，将她一把拽进黑雾里。

戚梦萦被黑雾遮蔽的刹那，她的身躯终于从蛛网上脱离了。

怪物惊异地皱紧眉头，将手心中的黑色火焰朝空气中那团模糊的黑雾扔了过去！虽然黑色火球穿过了黑雾，但柳嘉和戚梦萦却安然无恙。

正当柳嘉庆幸不已时，突然发现黑雾竟然没有来得及覆盖到戚梦萦的全身，她的右脚正在被黑色火焰吞噬！

柳嘉惊慌失措地和戚梦萦一起跌落在湖水边。

他解除黑雾，将湖水洒在戚梦萦着火的脚上，然而杯水车薪！柳嘉索性跳进水里，用双手掀起水浪，朝戚梦萦泼了过去。接着，他将自己浸湿的外套脱下，拼命地扑打正在吞噬戚梦萦身体的黑色火焰，却依然徒劳无功。

"怎么会这样？"柳嘉绝望得浑身发抖。

戚梦萦有气无力地躺在湖边，虚弱地喘息着。她感觉自己正在渐渐熔化、消失……

"吞没她的不是火焰，而是恐惧、悔恨和悲伤。世间没有人和物能救她，挣扎毫无意义。"即将成为5356号的怪物志得意满地冷哼着。

"不会，不可能！戚梦萦，别着急，我会救你！"柳嘉心急如焚，他努力让黑雾从皮肤下涌出，将戚梦萦还未被火焰吞噬的身体部位保护起来。

黑色的火焰和翻涌的黑雾在激烈地对抗，争夺着戚梦萦的归属。

柳嘉感觉到一股强大的力量正在排挤自己，而他如同一只想要推翻巨象的幼鼠，根本不是那股力量的对手。不出两秒钟，他便筋疲力尽了。黑雾彻底消失，戚梦萦大半个身体都被黑色的火焰吞没了。

"糟了，戚梦萦！振作一点儿！"柳嘉跪在戚梦萦的身边，不知所措地叫喊着，"别忘了，戚灵珊阿姨和星无云叔叔还在等着你！"

"不……已经太晚了。"戚梦萦微微地睁开了眼睛。

她透过黑色火焰看着柳嘉，眼角滑落下一滴晶莹的眼泪。

"不！不晚！"柳嘉用力地摇头。他突然想起父亲曾对戚灵珊说的话，于是紧紧抓住戚梦萦的手臂，神情哀伤地说，"戚梦萦，在认识你之前，我也遇到过很多可怕和悲伤的事情。幸好我没放弃，否则就看不到神秘的逆流河，也无法乘坐幻影游船在空墟之眼中飞翔，更不可能认识一群可以一起冒险的小伙伴。悔恨和悲伤也许永远无法抹去，但我们可以在黑暗中仰望光明，驾驭未来，创造出美丽的奇迹，不是吗？"

戚梦萦涣散的双眼渐渐有了光亮，她深深地吸了一口气，轻声感叹："是啊，柳嘉，你说得对。爸爸和妈妈……还在等我。我们还可以……创造未来。"

柳嘉哽咽着用力点了点头。

戚梦萦挣扎着从地上坐了起来。她的手心里燃起一团微弱的红色火焰，虚弱地朝那个灰黑色的怪物看了过去。

"抱歉，103号……"戚梦萦呢喃说。

"不用抱歉，另外一提，除了你这个10号之外，我已经吞噬了对应你生命力极限的其他所有数字人格——从1号直到102号。所以，我现在已经拥有5346年的生命总战力。"怪物一脸戏谑的表情，好整以暇地回答。

"我现在还不能……把命运……交给你……我想努力活到103岁，去见识一下梦域空间中广阔的世界。"戚梦萦说着，手中的红色火球朝5346号飞了过去。

然而红色火球很快就被遍布整个洞穴的黑色火海吞没了。

5346号放声狂笑起来，让整个岩洞都在瑟瑟发抖。

"小萦儿啊小萦儿，你的情感如此脆弱，拿什么来和我对抗呢？"

"幼苗虽弱，却能在岩石中开出花朵。"戚梦萦流着眼泪跟跄地站起来。她只剩下半边脸庞露在黑色火焰之外，身体摇摇欲坠，"我力量太弱，确实无力抵挡恐惧、绝望和悔恨，但选择拥抱希望，却能在黑暗中开出花朵！"

哗——

那团消失的红色小火球突然从黑色火海中蹿了出来，犹如

盛开在暗夜中的鲜艳花朵。不仅如此，红色火球在飞快地吸纳着黑色火焰的能量，从而愈发壮大！没过多久，大半个洞穴便被红色的火光照亮了！

柳嘉看着目光变得坚定的戚梦萦，又惊又喜。

然而那个怪物却被激怒，神情变得越来越阴森凌厉。

"小萦，毁灭非我所想。"5346号咬牙切齿地说，"但如果你选择以卵击石，那就如你所愿！"她突然张开利爪，大声尖啸着化作了一道黑影，冲入火海，径直朝戚梦萦扑去！

柳嘉拼命挣扎着，想要再次释放出黑雾。

可此时，他浑身瘫软无力，涌出来的黑雾只能勉强遮住自己的一只手臂，根本救不了戚梦萦！况且戚梦萦也丝毫没有躲闪的想法。

她此时几乎完全被黑色火焰吞噬了，但她仍用仅剩下的那只眼睛死死地盯着扑过来的5346号。接着，戚梦萦毫不畏惧地迎了上去，冲进她释放的那一团红色火焰里！

轰——

就在戚梦萦和5346号在烈火中对撞的一刹那，纠缠在一起的红色和黑色火焰猛地掀起巨浪，将她们一同吞噬，消失在柳嘉的视线中。岩洞里只剩下红色火团与黑色火海分庭抗礼，惨烈地冲撞、缠斗着，犹如两头正在生死厮杀的野兽！

"戚梦萦！"柳嘉朝烈火中大叫。

他想走近些查看，但凶猛的火焰令他无法前进一步，刺目的火光让他几乎无法睁开眼睛。红色火焰和黑色火焰猛烈纠缠，谁也不愿被扑灭。最终，它们渐渐地在湖面上交融，竟融合成了

一团紫罗兰般鲜艳的烈火！

紫色火团在湖水中央变得越来越壮大。

当红黑火焰、戚梦萦与5346号全都消失不见后，紫色火团凝聚成了一个花苞的形状，将湖水和岩洞全都映照成了深邃而神秘的紫红色。

花苞形状的紫色火团微微颤动。

接着，火团分裂成了一片片紫红花瓣，挥洒着星辰般的耀眼光华，在湖面上缓缓地盛开，直到一朵巨大的火焰莲花，在幽深的湖面上彻底绽放！

柳嘉震惊不已地看着这朵火莲花。

它几乎占满了大半个洞穴，美丽的火焰花瓣随着空气的流动摇曳，一缕缕火光在花朵上方缭绕氤氲，无数小火星星点点，如同精灵般在岩洞中肆意飞舞，画面如梦似幻。

在紫色火莲的中央，戚梦萦正双眼紧闭地躺在那里。

她的头发变成了紫罗兰色，雪白的肌肤隐隐闪烁着紫青电芒，几束紫色的火焰在她身后缭绕飘荡，犹如仙子的飘带，又好似精灵的花冠。

柳嘉难以置信地看着紫色火莲中的戚梦萦，一时间不敢断定，那究竟是和他一起来到这个梦域碎片中历险的伙伴，还是那个可怕的5346号，抑或是刚才众多数字化戚梦萦人格中的某一个。

然而，他并没有太多思考的时间——刚才两团火焰的激烈冲撞，令整个岩洞都开始剧烈地摇晃起来。一块块巨石，从洞顶和岩壁上坠落，砸向地面，坠入暗紫色的湖水中，发出砰然巨响。

岩洞就要坍塌了。

柳嘉在剧烈的地震中吃力地稳住身体。他深吸了一口气，竭尽全力将朦胧术再次释放出来。紧接着，他一路冲向了湖中，正当他抓住戚梦萦的手臂，准备将她拉进黑雾中时，一块燃烧着的巨大岩石从空中砸了下来！

"不好！"柳嘉慌忙抱紧戚梦萦。

燃烧的岩石砸入湖水中，柳嘉感觉脚下的湖泊突然塌陷，身体为之一沉！他和戚梦萦一起向下坠落，跌入到一个深不见底的大黑洞里。

第十二幕 结束

小·乖乖，
好戏开始了！

第十三幕

诡化荆棘变异

混乱中，柳嘉一把抓住戚梦萦，启动朦胧术。

不知道下坠了多久，像只过了一瞬，又像过了亿万年一般……柳嘉渐渐闻到了一股新鲜的气息，接着感觉自己落在了一块硬邦邦的泥土上。

当他睁开眼睛，发现自己竟然躺在了一块无比美丽的花田里，而戚梦萦则昏倒在他的身边。

柳嘉站起来四处张望，眼前是一片广袤的坡地。

苍翠浓密的古树林下，漫山遍野的红色花束在焚风中摇曳，手掌般大小的绮丽花朵就像一团团奔涌燃烧的火焰，在被夕阳辉映的溪谷间，蒸腾出一缕缕白烟。

一群疲惫的身影在花田间迟缓移动着。

他们脚上全戴着镣铐，走路时发出金属的碰撞声。不仅如此，这群人的发型一个比一个古怪。柳嘉悄悄走近几步窥探，发现女警孟鹿也在人群中，她的发型变成了一根彩虹棒棒糖，此时就像幼儿园的孩子般笑眯眯地蹲在花丛里，一边唱着儿歌，一边用喷雾给花朵除虫。

在孟鹿身后不远处，五个穿着奇装异服的"杀马特"小伙，一边用接着自来水的长管给花田浇水，一边疯狂地叫喊摇摆着。他们的发型分别是五件乐器，远远地望去，像一支蹩脚的摇滚乐队。另外，还有顶着健美达人雕像发型的啤酒肚大叔、头发像带刺仙人掌的年轻女生、满头黑发像瀑布一样遮住脸的矮个子男生……柳嘉打开乾坤手环，一一对照被困在梦域碎片中的受害人照片，发现他们几乎全都在这里！

不仅如此，一些来雾莲街参加理发祭的游客也和这些受害者一样被镣铐禁锢起来，在花田中无精打采地劳作。柳嘉认出了好几个熟悉的身影——青葱先生、蝙蝠猪巴比，竟然还有洛茜！

"懒鬼们，快点儿干活！呱！杜娜夫人急用大批雾莲药剂，耽误了收割，我会打你们哟！"

"好好浇花，就不会挨打！给杜娜夫人种雾莲，是一辈子最重要的事！是天大的荣幸！呱呱！"

一伙龅牙青蛙在花田边蹦蹦跳跳，他们挥舞着长长的鞭子，抽打花田里看起来工作懈怠的受害者。这些龅牙青蛙长得几乎一个样，身材矮小、皮糙肉厚，头顶上那对长着眼球的触角不停转动着，难看极了。

柳嘉屏息静气，通过乾坤手环，将当前坐标发送给其他队友。而此时戚梦萦仍然昏迷未醒。

柳嘉小心翼翼地触碰了一下她的额头，热得烫手。

更不妙的是，两个尖细的声音由远及近，柳嘉来不及发动朦胧术，只好在戚梦萦身边趴下。据说青蛙看不见静止的东西，但愿装死能够逃过一劫。柳嘉在心里祈祷着。

"呱利油，趁工头不在，咱哥俩忙里偷闲喝两杯，呱！"

"呱呱！呱利德，佐大人今年收割奴隶，人数可多了。"

"可不是！夫人的雾莲生意越做越红火，种花的人手也得增加。呱，等一下，这里怎么躲着两个奴隶？竟敢比我们还悠闲！"

"啪！"一泡黏糊糊的液体击中了柳嘉的脸庞——酸、臭、滑溜溜，并且带有麻痹效果。

柳嘉好不容易将眼睛微微睁开一条缝，模糊的视线中，两只龅牙青蛙就站在他面前，上下转动着触角上的眼球，好奇地打量着他和戚梦萦。

"不是闯入者——发型已经被苔德大人做好了。"

"看来还要好一会儿才能醒。"瞎了一只眼的龅牙青蛙用力踢了踢柳嘉的屁股。

"把他们先锁好。"满脸麻子的龅牙青蛙利索地给柳嘉和戚梦萦套上了脚镣，"咱俩先喝完，再去睡个大觉。一会儿还得给这帮蠢货的头发喷上滑溜溜防水喷雾。今天又要下雨。呱，这贼老天！"两只龅牙青蛙骂骂咧咧地走远了。

直到完全听不见他们的呱呱声，柳嘉这才恼火地抹干脸上黏糊糊的液体，心脏在胸口里狂跳不止。戚梦萦也苏醒了过来，难

过地扶着额头站起身，盯着灰头土脸的柳嘉，皱紧眉头。

"你是谁？"

"咦？你忘记我了吗？"柳嘉惊讶地问，他发现戚梦萦的瞳孔仿佛失焦一般，看上去空洞洞的、茫然无神。

"我认识你吗？"戚梦萦迷茫地摇着头，"我……我什么都不记得了。啊，头好痛……好多声音在大脑里呐喊……"戚梦萦的眼泪大颗大颗地坠落，后脑勺上的桃心发型裂成了两瓣。

柳嘉忽然想起，5346号和戚梦萦融合了，那现在的戚梦萦……

戚梦萦的情绪逐渐崩溃，而且哭声越来越大。柳嘉紧张得手忙脚乱，不知该如何是好。

这时，一颗草绿色的气泡球突然出现，"咘叽"一声碎裂在戚梦萦的头上。发型"悔恨之心"瞬间被气泡渗出来的绿色液体溶解了。不一会儿，戚梦萦安静了下来，她的头发披散着，恢复成平时飘逸柔顺的样子。

"古灵精果然没有骗我。草蜢发型溶解液，有点儿意思。"罗西将手中另一颗绿色气泡球，塞进了肩上的灰色鸭嘴兽背包里。

"罗西！易天爵！你们终于来了！"柳嘉压低声音，欣喜地看着从一棵古树背后缓缓走过来的两个熟悉身影。

"摆脱理发馆几只盯梢的小老鼠，浪费了点儿时间。"罗西看着远处的孟鹿，"看来那张海马票上留下的线索，就在理发馆后面的花田里。"

"马后炮。"易天爵嘟囔了一句，握紧赶猪棒，扫了一眼附近的龅牙青蛙们，"喊。竟然有这么多丑青蛙，统统干掉。"

"这是怎么回事？"将额前几缕湿漉漉的头发捋开后，戚梦

紫难受地摇了摇头。

"你终于醒过来了!"柳嘉欣喜地说,"你被苔德理过发后……呃,洞穴里……就变得……很奇怪。"柳嘉想了想,决定暂时先不提自己和戚梦紫一起经历的那些场景,"多亏罗西,是他帮你恢复了意识。"

"嗯……"戚梦紫扶着额头,虚弱地看了一眼罗西,略有些不自在,"谢谢。"

显然,她的精神还没有恢复过来,平日里冰山般冷傲自信的目光,此时就像一片一击即碎的薄冰,清冷而又脆弱。

"为什么我好想哭?现在我心里又难受又悔恨。"戚梦紫呢喃道。

"前提是,你还有时间。"罗西瞟了瞟旁边,示意道。

"呱——什么人?!"

"过去看看!好像有毛贼闯进了夫人的雾莲花田。呱——"

龅牙青蛙们察觉到异动,大声尖叫起来。听到此起彼伏的呱呱声,柳嘉立刻发动朦胧术,拉着戚梦紫隐匿到黑雾里。

"丑青蛙,看我的!"易天爵提起赶猪棒,怒吼着朝龅牙青蛙们冲刺过去,"野火燎原——"当他挥动赶猪棒用力横扫时,青蛙们竟然一蹦三尺高,一个个轻松地躲避了过去!

易天爵愣在原地,好一会儿才反应过来。他果断扔掉赶猪棒,朝那群弹来跳去的龅牙青蛙怒吼着冲去,扭作一团。

"哼,野猪流棒法,毫无头脑可言。"罗西轻蔑地转过头去,朝远处的受害者走了过去。柳嘉跟着罗西,一一接住他扔过来的气泡球,拍在受害者的头发上。没过一会儿,受害者的眼神逐

渐聚焦，手中的工具纷纷落地，像从梦游中醒来一般，迷茫地四处张望着。

"发生……什么事情了？"青葱先生和其他受害者一起喃喃自语。

"是你们！小鬼头！"蝙蝠猪巴比惊呼，"我这是在哪儿？"

女警孟鹿揉着乱蓬蓬的湿发，看见罗西后，突然眼睛一亮："小鬼，你来啦！你果然看懂了我留下的线索！"

"柳嘉，还有小紫！"洛茜看见柳嘉和站在不远处发呆的戚梦萦，意外地瞪大了眼睛，"我怎么会在这里？"

"哼，我可没兴趣给你们讲故事。"罗西指了指孟鹿和洛茜脚上的镣铐，"至于那个——钥匙就在附近，你们自己去拿。"

受害者用钥匙打开脚镣后，一边活动着双脚，一边七嘴八舌议论起来。

"多亏你们！"女警孟鹿走上斜坡，观察周围动静，回头看了柳嘉几人一眼，"否则，我们会被杜娜夫人和佐臣氏一直奴役，直到变成肥料！"

"他们为什么要做这么可恶的事情？"柳嘉不解地扫视着眼前火红的花田，"这些花有什么特殊用处吗？"

"博古医生在《梦域奇妙植物》里提到过。"戚梦萦疲倦地说，"雾莲原本是水生植物，一旦被移植到陆地，就会有万分之一的概率发生变种，成为变异雾莲。而这是提炼许多危险药剂的必备材料，是禁忌之花。"

人群发出一阵压低的惊呼声。

"没错。我之前也调查到，杜娜夫人一直通过秘密售卖变异雾莲药剂来赚取巨额利益。"女警孟鹿恼怒地说，"她和佐臣氏、苔德串通，利用理发祭俘获了许多来雾莲街的游客，为她种植变异雾莲。我不慎被骗喝下奇怪的药水，多亏云团把我藏匿在警局的暗室里才躲过最初的追兵，可最后还是被抓来了。"

"我在雾莲街，住了十几年，竟然从来不知道这种事情！"洛茜惊慌地捂住了嘴，"雾莲街上几乎所有居民，都把杜娜夫人当作德高望重的领导者，大家只是觉得她的性格有些怪僻，没想到……"

"坏人更懂得如何往自己脸上贴金。"罗西冷笑一声。

"根据我刚才理发的过程来推测，所有被理发师剪过头发的人，都会被自己内心的某种欲望操控。"戚梦萦若有所思地说，"解除控制的方法，就是将发型恢复原样。"

"难怪下雨天，杜娜夫人他们不许雾莲街的居民出门。"柳嘉低声呢喃，忽然他惊惶地瞪大眼睛，"这次理发祭上，他们会帮每一个雾莲街的居民理发，难道说……"

"恐怕这时雾莲街的居民全都被杜娜夫人控制了。"戚梦萦犹豫地点了点头，再转头望向无边无际的雾莲花田，"显然控制

少数游客已经难以满足种植的人力需要了。"

"原来是这样。刚才我理过发之后一直感觉怪怪的，甚至不受控制地拒绝了小涵的旅行邀请。"洛茜捂着脸绝望地抽泣起来，"现在他一定走了！呜呜呜……"

"对不起，冒昧打断一下。"蝙蝠猪巴比突然从人群中走出来，他指着花田溪谷边一个屋顶盖满茅草的仓库，"不久前，我去上厕所，看见杜娜夫人把一个年轻姑娘关进了那里。"

"我去教训杜娜夫人那群混蛋。"易天爵扛上赶猪棒，跃跃欲试。

"一个人单挑整个雾莲街的人吗？"罗西冷冷地说。

"不如先撤，等待雨季的到来。"戚梦萦冥思苦想后说。

其他受害者也都你一言我一语争论起来。

柳嘉担心地看着戚梦萦，发现她仍难受地扶着头，看来之前理发事件的后遗症并没有完全被消除。

"如果不想被继续奴役，就全都闭嘴。"罗西冷峭的声音让人群安静了下来，所有人都睁大眼睛望着他。

罗西瞟了一眼低头不语的戚梦萦，面若寒霜地看着受害者："孟鹿警官带着大家先离开这里，半山腰的电车站那里有个叫夜行者的家伙可以接应你们。报上我雪狼公爵的大名就行。"

"那你们……"女警孟鹿担心地问。

"哼。游戏才刚刚开始。"罗西扫视了一眼柳嘉、戚梦萦和易天爵，"至于他们——碍事的家伙，我都不需要。"

"死鱼眼，你说谁碍事?!"易天爵像被激怒的跳涧猛虎，露出了小虎牙。

"万一遇到危险，靠我才能逆转局面！"柳嘉不服气地噘起嘴。

罗西冷哼一声，将目光停留在戚梦萦身上，似乎在询问。

"我……"戚梦萦摇了摇晕乎乎的头，吃力地说道，"我还不能走……"

看到孟鹿组织受害者沿着隐秘山路迅速离开了雾莲花田后，小狩梦人一起朝蝙蝠猪所说的仓库走去。

仓库外观十分简陋，黄泥砌成的砖墙上有一扇破旧的厚实木门，上面挂着一把黄铜大锁。柳嘉使用朦胧术，带着三位同伴隐进黑雾里，轻松地穿过了木板门，在昏暗的仓库中现了形。

仓库里弥漫着干草梗发霉的味道，黯淡的光线下，他们一眼就看见了那颗悬浮在半空中的红色光球。光球有一个甜橙那么大，幽幽地旋转着，不断地发出婴孩般嘤嘤的哭泣声。透明的球体里有一股红色能量正在翻江倒海般地涌动，看上去像是一团熊熊燃烧的火焰。

在光球的旁边，云团小姐怔怔地站在那里出神，对突然闯进来的几人毫不在意，陶醉地欣赏着光球："它可真美……"

"这是梦魇噬魂珠？"柳嘉呼吸有些急促地说。

"运气不错。"罗西吹了声口哨说道。

"云团，你在那里做什么？"戚梦萦试探地问。

"我，我只是觉得它好看而已。"云团小姐瑟缩着回答，眼神却没有离开噬魂珠分毫。

"索性我去砸了那颗珠子。"易天爵暴躁地握紧了拳头。

"如果不介意你的野猪师父跟这个梦域碎片一起彻底消失，那就请吧。"罗西半眯着眼睛冷哼。

"要不，先把这里的情况传给夜行者和永眠墓地，然后等待指示。"戚梦萦的声音有些飘忽不定。

"恐怕——你们等不到——那一刻了！"仓库的木板门突然被重重地撞开，一群虾兵蟹将在几个高大身影的带领下，堵住了门外幽冷的光线。

身形肥胖、骄傲到不可一世的杜娜夫人，冷傲的佐臣氏和一脸忧郁的传奇理发师苔德，一一走进了仓库。

"就是他！"被打得鼻青脸肿的龅牙青蛙指着易天爵尖叫，"就是他们！放走了奴隶！呱！还动手打我，幸亏我逃得快！"

"那可真是了不起。"佐臣氏冷笑着瞟了理发师苔德一眼，阴阳怪气地说，"我原以为，能破解传奇理发师苔德先生梦魇的人，至少也是久经沙场的老将，没想到竟是几个毛孩子。"

苔德忧郁地注视着眼前的四个孩子，没做任何解释。而当他不经意瞟到红色光球边的云团小姐时，目光竟有些微微颤动，这让云团小姐也愣了一下。

"喊。来得正好，省得我再走一段路。"易天爵不耐烦地撇了撇嘴。

"呵，门被堵了！"罗西兴致盎然地挑起一边眉毛。

"我们现在该怎么办？"柳嘉惊慌失措地问。

戚梦萦看着毫无回应的乾坤手环，焦虑地叹了一口气："看来，只能先撤退了。"

"撤退？"杜娜夫人猖狂地笑着，浑身肥肉乱颤，"天真无邪的——小可爱们，你们说得——还真是轻巧呢。"

杜娜夫人冷笑着挥手——陶俑侍官朱迪、卢瑟和侯珊出现

在仓库门口，他们捧着一个红色的木匣，身边簇拥着十几位提着红色灯笼的独眼草鞋士兵。

几十只旋转着蒸汽螺旋桨的机械螃蟹嗡嗡地飞进仓库，在木板门两边整齐划一地排开，宽大的铁钳纷纷亮起了红光——情况相当不妙。

小狩梦人聚在一起，沿着仓库码放的干草垛慢慢后退。云团小姐害怕得像只缩成一团的花栗鼠，哆嗦着嘤呜低泣。

"哦哟哟——小乖乖们害怕了。"杜娜夫人捂着嘴装模作样地露出一个担忧的表情，她优哉地整理了一下肥大的裙摆，"但是——很遗憾，小宝——贝们。你们放走了我的奴——隶，现在就只好请你——们接替他们的工——作了。工钱——不错哟！"

在杜娜夫人的厉笑声中，佐臣氏随意挥了一下手指，指向草梗堆后的那几个捣蛋者："把他们抓起来。"

易天爵将赶猪棒横在身前，呲牙咧嘴地酝酿着战力。

龅牙青蛙们迟疑了一下，直到独眼草鞋和机械螃蟹们列队冲出，才狐假虎威地张牙舞爪着跟了过去。

"柳嘉，保护噬魂珠和云团。"戚梦萦低声说。柳嘉点了点头，站到了云团小姐和梦魇噬魂珠的旁边，准备随时发动朦胧术。

"哼。一群蠢蛋。"罗西慵懒地将右手伸出，掌心里一团蓝色冰雾在举手的瞬息之间挥洒而出，弥漫在那群冲过来的怪物仆从周围。

龅牙青蛙们冻得浑身哆嗦、涕泪横流，独眼草鞋士兵的脚步也变得迟缓了。但机械螃蟹们背上的螺旋桨却突然加快转速，数股小型飓风刮过，很快便吹散了冰雾。

"哦？更有趣了！"罗西的眼睛变得闪亮。

"火墙术！"戚梦萦紧闭双眼，高举双手。一阵旋风从她脚下升腾，将她的长发吹起。

几秒后，戚梦萦手心出现了两朵炽热的火莲，当她双手在空中交叉画过一道线后，一堵巨型火墙蹿了上来，挡在了冲出罗西冰雾的机械螃蟹和其他怪物仆从的面前。

"雕虫小技。"佐臣氏不以为然地冷笑。

一只冲在最前面的独眼草鞋士兵来不及避让，结果屁股上着了火，嗷嗷地大声惨叫着。几个草鞋士兵一拥而上，将他推倒在地，霎时间几十只脚踩下去，火倒是被踩灭了，但这个草鞋士兵也悲壮地倒下了。

几只勇敢的机械螃蟹鄙夷地看着畏缩不前的草鞋兵团，晃悠悠地穿过火墙——尽管他们的护甲被烧得通红，看上去和蒸熟的大闸蟹相差无几，却安然无恙，此刻正骄傲地挥舞着铁钳。

"真暖和呀！"满脸麻子和瞎了一只眼的龅牙青蛙——呱利德、呱利油趁乱偷懒，一脸陶醉地在火墙边烘烤着快要被冻僵而进入冬眠的身体。一根锃亮的铁棒却突然从火墙中敲了下来，在他们头上砸出两个亮晶晶的大包。

"啧，脑袋还真硬。"易天爵叉腰站在火墙后，顺势击飞一只被火墙烤得通红的机械螃蟹。

"你！你怎么又动手打人呢？"呱利德气急败坏地大叫。

"唔?!"易天爵还没明白过来怎么回事，两只龅牙青蛙突然朝他脸上吐出两团铅球般大小的酸臭口水，然后掉头就跑。

"君子动口不动手！"龅牙青蛙呱利油跑得远远的。

"这群混蛋。"易天爵怒气冲冲地抹了一把脸上臭烘烘的口水，发现其他龅牙青蛙也都在吐着"口水球"，没多久便把火墙扑灭了。

"哈哈哈——真是有趣。"杜娜夫人满意地大笑，"指挥得——很不错——看来，今天不——需要我动手了。"

"夫人过奖。"佐臣氏得意地赔笑着，"一群小杂鱼而已，根本就不需要惊动夫人。"

"哼，居然看扁我。"易天爵咬牙切齿地瞪着杜娜夫人和佐臣氏，正准备攻击时，几只机械螃蟹突然挥动着大铁钳朝他冲了过来，用力夹住了他手中的赶猪棒，刮擦出刺耳的吱吱声。

"喂，口哨、耍猴的，《超能小英雄》看了吗？"罗西靠在易天爵的背后，一边抵挡围攻过来的怪物仆从，一边低声说着。

"好主意。"柳嘉朝罗西竖起了大拇指。

"再叫我耍猴的，揍扁你。"易天爵像只发怒的霸王龙。龇牙咧嘴的样子吓蒙了两只想要攻击他的龅牙青蛙，他们转身逃跑了。

"我来掩护你们。"戚梦萦的手心亮起了两朵火莲，可正当她要划出火墙时，火莲却突然熄灭了。

"别担心，看我的。"柳嘉冲一脸沮丧的戚梦萦挤了挤眼睛。

柳嘉坏笑着扬起眉，滑行到易天爵身边发动朦胧术。

在怪物仆从们的惊呼声中，一团淡淡的黑雾朝杜娜夫人电闪雷鸣般冲了过去。当黑雾散开，易天爵已经将赶猪棒架在杜娜夫人的脖子上了。

"配合完美！打人先打脸，擒贼先擒王。"散去黑雾的柳嘉得

意地打了个响指，"《超能小英雄》里总这么干！"

"夫人！"佐臣氏惊恐地瞪大眼睛，难以置信地喝止，"不许对夫人无礼！"

怪物仆从们纷纷停下攻击，不知所措。

"结束了，杜娜夫人。"戚梦萦冷冷地说，"你必须为自己的行为付出代价。"

"哦哟哟！真——不错，我的小奴隶们，能耐还挺——大。"杜娜夫人一点儿都不在意脖子上的利器，反而兴奋地拍着手，"不过，我——可不认为，你们能令我付出代——价。"

"你，你操控雾莲街，利，利用理发祭绑架游客，种植违禁雾莲赚钱，这些都、都已经铁证如山了。"云团小姐在一旁瑟瑟发抖，激动地说。

"那又如何！难道你——们想要伸张正——义吗？太——可爱了。"杜娜夫人狂笑起来，佐臣氏和怪物仆从们也都跟着纷纷大声嘲笑。

敌人不以为然的嘲弄让小狩梦人重新警惕起来。

"别着急，小——乖乖们。"杜娜夫人神情自若地说，"今天，我给你们好——好地上一课。让你们知道，在绝对的实力面前，你们的努力毫——无意义！"

说着，杜娜夫人朝佐臣氏使了个阴鸷的眼色。

"明白，夫人。"佐臣氏也露出一个阴冷的狞笑，用力击了两下掌，所有怪物惊悚地后退三步，扭开头跑远了。

"休想耍花招。"易天爵不为所动，"看我的——巨猿……"

"臭鼬攻击！"杜娜夫人同时大喊，她扭腰一甩裙摆，身后

冒出一团黏糊糊的黄色气体，朝周围喷射出去。

"卑鄙！老妖婆，竟然学黄鼠狼放屁！"易天爵气急败坏地大叫，猛吸了一大口黄气，脸色顿时一片青灰晦暗，"快闭气！"

令人惊诧的一幕发生了。

正在使用巨猿术的易天爵，没能将技能充分释放，他的头胀大成平时的十倍，身体却还是老样子。

这、这是怎么回事？

柳嘉用力捂住鼻子，看着变成"大头娃娃"的易天爵，正吃力地用手扶住挂在可怜的小脖子上东倒西歪的大头。

一些没心没肺的龅牙青蛙和独眼草鞋士兵看见易天爵狼狈的样子，忍不住捂着肚子大笑，然后纷纷面色晦暗地倒在了氤氲的黄气中。

"唔……有毒！"戚梦萦赶紧捂住自己的鼻子，"大家当心！这股气体会影响我们精神能量的稳定性！"

虽然易天爵早已扔掉铁棒，伸手想捂住仍在继续膨胀的脸。可手掌根本就遮挡不住变得巨大的鼻孔。结果他像巨型吸尘器一样吸进身边绝大部分的毒气，一颗巨大的头颅轰然倒地。

"喜欢——我的开胃菜吗？跟我斗——没有体会过人——间险恶的——小朋友，你们还——不够格！"

"易天爵！"柳嘉赶紧发动朦胧术躲过张狂的杜娜夫人，将大头易天爵拉进黑雾中，吃力地拽回到伙伴们身边。

"小老鼠们，接下来——我要请你们——吃大餐。"杜娜夫人若无其事地挥了挥手。

陶俑侍官朱迪捧着红色木匣走近，佐臣氏从匣子里拿出一

瓶红色药剂，毕恭毕敬地递给杜娜夫人。

"喝——下这瓶'爆戾妖姬'，苔德。"杜娜夫人眼中闪烁着阴毒的光，"我已经好——久没有活动筋骨了。"

开战以来，一直在门口沉默着、不存在似的苔德犹豫地从杜娜夫人手中接过了药瓶，他用手指颤抖地摩挲着瓶罐，表情痛苦极了。

"杜娜夫人，我们非要用武力来解决吗？他们还是孩子……"

"苔德，这可是你——将功赎罪的机会。"佐臣氏看到杜娜夫人变得不悦的阴沉胖脸，一把夺过苔德手中的药瓶，拔开木塞，一股脑将药水全部灌进了他的嘴里，"还是——我来帮帮你吧！"

"不！"云团小姐突然惊呼一声。

在她和柳嘉几人震惊的目光中，被强迫咽下药剂的苔德佝偻着背，蹲在地上痛苦地捂住像被火烧的喉咙，胸腔深处发出痛苦的嘶吼声。

接着，他的眼珠渐渐地向上翻起，深蓝色的瞳孔消失了，眼眶里只剩下漆黑的眼珠，乱蓬蓬的头发疯狂地飞舞着。

"哦哈哈哈——干得好，我最爱的人形植物盔甲——苔德。现在，让我们一起好——好享受——残暴的乐——趣吧！"

柳嘉一行人目瞪口呆地看着苔德和杜娜夫人逐渐融合在了一起，被一团红色的光芒紧紧包裹着。直到最后，光芒碎裂，只剩一个黑影缓缓从中显现出来。

那黑影舒展着大了一圈的身体，动作像极了从漫长沉睡中苏醒的怪物，在尝试转动僵硬的脖子后，他发出一个尖细而又慵懒的声音。

"啊——好久没有合体变身了。雾莲药水真——是神奇。"

他摘下左脸上的铁皮面罩，当他松开手，面罩缓缓地悬浮着升起，暗红色的火光透过面罩镂空的眼睛，闪着诡异的光。

苔德得意地窃笑着，缓缓抬起了头。

随着戚梦萦的尖叫声，柳嘉惊恐地发现，面具下的那半张脸，竟然和杜娜夫人一模一样！而属于苔德的那半张脸，此刻就像熟睡一般，面无表情地闭着眼。

"变身非常完美。"佐臣氏崇拜地赞叹着，恭敬地朝阴阳脸苔德鞠着躬。

阴阳脸苔德将腰包打开，抽出那把令人印象深刻的秘银剪刀，手柄上的男人雕像凤鸣热情地欢呼起来："哦！杜娜，不，我还是称呼您为荆棘夫人吧！好久不见！您还是和以前一样美丽动人！"

"您的味道，百尝不腻。"女人雕像鹤唳彬彬有礼。

"多谢——夸奖。"

被称为"荆棘夫人"的苔德缓缓解开了身上的斗篷，扔向半空中。斗篷悬浮在荆棘夫人面前，银色的内衬竟是一面柔软的镜子，反射着仓库里星星点点的鲜红火光。

荆棘夫人拿起银剪刀，对着镜子中的自己陶醉地修剪起头发来。可是那头发竟然越剪越长，不一会儿，便高高盘结在地板上。发色也从黝黑变成了深棕色，像海浪一般，激烈地波动起来。

"嘀嘀嘀嘀——"

乾坤手环蓦然剧烈振动。柳嘉低头看去。蓝色暗金荧幕上，

闪烁着鲜红色的提醒——危险！梦域能量异变中！

"这，这是什么意思？"柳嘉的喉咙里像卡了一根鱼刺。

"是警告。"戚梦萦站在柳嘉身后，神情抑郁地回答说，"梦魇灾难升级为恐惧模式了。"

荆棘夫人骄傲地扫视过躲在草垛旁的五只"小老鼠"，兴奋而又狂热地大吼。

"财富、荣耀、地位——所有想从我——手中夺走这一切的人，都是——我的敌人，绝——不饶恕！"荆棘夫人用手指在空中打个响指，"荆棘丛生——给我教训那几只——小老鼠！"

荆棘夫人波澜般浮动的长发，突然拧成了无数根发束，一根根尖刺从中挣脱冒出，继而朝五人抽打了过去。

"朦胧术！"

柳嘉大喊，蓦然发现自己的技能无法同时遮掩住包括云团在内的五个人，尤其是头变大的易天爵。

像是感觉到柳嘉的无助一般，朝他们奔袭的发束突然像一群神经错乱的蛇，扭曲交缠在了一起，最后重重砸在地上，发出一声沉重的闷响。

呐喊助威声戛然而止，仆从们惊讶地看着那团鸟窝般毛躁的长发。

"啊——哼。"荆棘夫人尴尬地清了清嗓子，"久未热——身，好戏还——没开始呢！"

"发什么愣！"佐臣氏朝左右大声命令，"快帮夫人上油！"

陶俑军团赶紧冲向荆棘夫人，为结成一团的头发抹油。

怪物仆从们也手忙脚乱地一拥而上，结果却越帮越忙，将

原本缠在一起的发束打上了死结，疼得荆棘夫人嗷嗷直叫。

"口哨，趁现在，带其他几个蠢蛋先走。"罗西压低声音说，"少一个人，你的朦胧术应该能办得到。"

"罗西，你一个人没法应付这么多敌人。"戚梦萦犹豫地说。

"你先顾好自己吧。"罗西意味深长地瞟了戚梦萦一眼，"我可没兴趣当守护骑士保护你。"

"罗西，戚梦萦理发之后……"柳嘉刚想解释，却被戚梦萦拉住了衣角。

"柳嘉，按罗西说的做。"戚梦萦紧咬着苍白的嘴唇。

"商——量完了吗？"荆棘夫人诡异地大笑着，"我好感动哟！小老鼠们，放——心吧，你们一个也逃——不掉！"

"动作快一点儿！"佐臣氏气急败坏地催促着仍在整理头发的仆从们。

"罗西，我会尽快回来。"柳嘉担心地对罗西说。

罗西冷哼一声，释放出两团冰雾，为柳嘉和戚梦萦挡住了荆棘夫人和其他虾兵蟹将的视线。柳嘉趁机深呼吸憋住一口气。一团浓浓的黑雾从他的皮肤里喷薄而出。在荆棘夫人和佐臣氏的叫骂声中，柳嘉驾驭黑雾带着戚梦萦、易天爵和云团小姐穿过仓库外墙，朝花田边的一条小路跑去。

一路上，柳嘉不时听见身后隐约传来怪物仆从们的叫骂声。

他只得一直维持着朦胧术。但因为精神力逐渐下降的缘故，黑雾慢慢退却，渐渐露出了易天爵那颗巨大无比的头颅。光线晦暗的小道上，易天爵中毒后的恐怖大头，十分诡异地飘浮在半空中。

当他们一行人跑到雾莲湖畔，还未来得及喘口气时，突然听见湖边响起一个令人害怕的尖叫声，接着似乎有人跌进了湖水里。

柳嘉收起朦胧术，四个人立刻现出了身形。

"等等！别怕！是他们！"随着一声低喝，十几个身影突然从湖边的芦苇丛里蹿了出来，居然是女警孟鹿以及其他的受害者。

"云团曾提到过，这里的湖水有点儿古怪，我来一探究竟，结果大家都跟过来了。那颗大头是？"孟鹿困惑地望着地上昏迷不醒的"大头娃娃"易天爵，"刚才蝙蝠猪被吓得掉进湖里了！"

戚梦萦和孟鹿、云团去湖边汲水，商量着如何救醒易天爵。

柳嘉则喘着粗气，沿着来时的小路朝仓库方向一路狂奔而去。

当他再次悄悄地潜入黑雾，穿过仓库的泥土墙时，发现罗西正和荆棘夫人玩着猫捉老鼠的游戏。

"可恶——冰娃子，你逃——不掉了！"荆棘夫人上气不接下气地说，"你真——以为，你的同伴还会来救——你吗？没经历过背叛——的幼稚家伙！"

"哼，来抓我啊。"罗西躲在一堆草垛后，"反派就是话多。"

"哼，嚣张的小——子！"荆棘夫人被彻底激怒了，"荆棘丛生！"

荆棘夫人大吼一声，发束猛地朝罗西抽打过去，却被他轻松躲过。

"罗西，小心背后！"柳嘉在黑雾中大喊，可声音却无法传

出去。

当罗西再次嘲讽地看着无功而返的荆棘夫人时，却猝不及防地被几束绕到身后的发束缠住了身体，被紧紧地捆绑了起来。罗西用冰霓术冻住发束，朝身后的草垛跑去，回头却发现，龅牙青蛙们在他身后叠起了"罗汉阵"。

"啊哈——"荆棘夫人眉飞色舞地大笑，"小老鼠，你——插翅难逃了！"

"仆从们，抓住他！"佐臣氏指着罗西大喊。

"小子——你死定了！"呱利油努力地爬到了"罗汉阵"的最上方，一脸贱笑地仰起头，开始在喉咙里酝酿酸臭的口水弹。

"所有呱——"蹲在最下面的呱利德大喊，"万弹齐发——等等！"

就在呱利德说话的同时，柳嘉冲上前去一把将罗西拉进黑雾里。

目标消失后，龅牙青蛙们及时收住了自己即将喷发的"口水弹"，只有情绪激动的呱利油未能刹住车。他恰巧打了个喷嚏，那口酝酿多时的口水弹像火箭炮一般喷射出去，"啪叽"一声，糊在了荆棘夫人的脸上。

黑雾中的柳嘉和罗西回过头震惊地看着这一幕，对视一眼后，忍不住捂着肚子笑得前仰后合。荆棘夫人恶狠狠地抹了一把脸上湿答答的腐臭口水，半张脸上闪烁出凶光。呱利油浑身哆嗦地匍匐在地上，而呱利德在一旁恨铁不成钢地叫嚷着，并用力拍打他的头。

"让我——颜面无存！你怎么敢——"

荆棘夫人勃然大怒，浑身都在颤抖。

"嘿嘿，起内讧了。"柳嘉驾驭黑雾拉着乐不可支的罗西穿越墙壁，直到走远了还能听见荆棘夫人的怒吼和呱利油的惨叫声。

"佐臣氏——把呱利油给我抓起来——扔进雾莲湖里——做！花！肥！"

"夫人——大人——饶命啊——呱——"

第十三幕 结束

你没事吧……

第十四幕

月隐雾莲湖

柳嘉和罗西来到雾莲湖边时，夕阳渐隐，一轮圆月升上了天空。

"哼，动作可真慢。"易天爵背靠着一棵小树坐在湖边的土堆上，一脸阴沉地冷哼。他已经恢复到正常的模样，但浑身湿漉漉的，看来被泼了不少的湖水。

"哎，'大头猴'多可爱。"罗西露出了一个遗憾的表情。

易天爵气急败坏地冲罗西挥拳，当他看到罗西一脸疲倦时，便快快地偃旗息鼓了。

看到同伴们都已经安然无恙，柳嘉倍感欣慰。

他在湖边散落的人群中寻找戚梦萦的身影，发现她正独自

一人坐在月光下的雾莲湖边。脆弱的背影令柳嘉的心情又变得沉重起来。

"她一直在那里哭。"云团小姐走了过来，低声对柳嘉说，"她说对不起遇难的妈妈，永远不会原谅自己。"

柳嘉悄悄走到戚梦萦的身边坐了下来，发现她的眼睛红红的，仍在不停地抽泣。

"对不起，理发之后，我想了很多。"看到柳嘉，戚梦萦飞快地抹干泪水，而眼泪却又不受控制地迅速溢满眼眶，"我忘不掉妈妈最后离开时伤心的眼神，她对我一定失望极了，另外……"

"小时候，我有很多解谜玩具，当我解不出答案想要放弃时……"柳嘉捡起一颗小石子扔进清澈如镜的雾莲湖里，"这时爸爸就会对我说，真正的谜底就像沉睡在海底的宝石，一直都在。只要勇敢一点儿，耐心地寻找，总有一天能找到它。后来，你知道的，他们说，我爸爸遇到海难了，不在了……"

戚梦萦停止抽泣，看着身边抱着膝盖的柳嘉，情绪稍稍平静了一些。

柳嘉忧郁地望着泛起涟漪的湖面，继续说道："好几次，我和妈妈站在爸爸的墓碑前，我也很后悔的。如果爸爸活着的时候，我能更懂事一些，更努力像个男子汉一些，在他离开这个世界的时候，也许会安心一点儿吧。"

柳嘉回想起父亲储存在鹦鹉螺中的记忆碎片，他坠下帆船时悲壮而又满怀期望的眼神，心便被紧紧地揪了起来。幽幽地叹了口气后，柳嘉接着说："可是后悔又有什么用呢？不如把悔恨之心转化成改变自己的动力。等我救回爸爸，我一定会让他看

到一个让他无比骄傲的儿子。至少我们现在的年纪，还有挽回一切的机会，不是吗？"

"……"

柳嘉转过头去，看向身旁怔怔的戚梦萦，微笑着说："人生是一段长跑，学会接受屡败屡战的自己，才能拥有制胜的勇气和力量。"

有那么一秒钟，戚梦萦看着柳嘉发愣，但是很快就回过神。

"你说话……有时候真的很像我爷爷。"戚梦萦抹干眼角的泪水，淡淡地看了柳嘉一眼，"你的头脑很好，我不明白你的成绩为什么会那么差。"

"身为学生，已经很艰难了，那么多作业，而且是每天！怎么可能写得完呢？"柳嘉无奈地挠了挠头、耸了耸肩膀，"下一个话题……"

"哼嘿，哼嘿！梦里我是超能小英雄。如果从小不爱写作业，长大也许会一直熬夜——我爱我行我素，我更要与世界遇见！"柳嘉突然手舞足蹈地大声唱起了歌。

戚梦萦眼角还噙着泪水，却忍不住扑哧一声笑出声来。

"哦？挺有闲情逸致嘛，在这种时候悠闲地晒月亮。"罗西走到了柳嘉和戚梦萦身后，调侃地扬起了眉毛和嘴角。

"喂！烦人精，你那些啰里八唆的作战计划呢？"易天爵故作豪迈地问询，"我可没兴趣听大话精吹牛皮。"

这时，潜伏调查回来的女警孟鹿领着云团小姐以及其他受害人纷纷走到了戚梦萦和柳嘉的身后。

"最新情况，杜娜利用理发祭已经控制了整个雾莲街的居

民。"孟鹿补充道，"我们逃离途中一定会和街市居民正面交锋，十分危险！"

"没错。"戚梦萦站起身来，目光再次变得明亮而又坚定，"既然湖水对雾莲药剂有一定的克制作用，安全起见，我们最好沿着有水源的路线赶到半山电车站台。我们的伙伴夜行者正在那里等待接应我们。"

戚梦萦说完，点了几下乾坤手环，空中浮现出一个雾莲街的光影地图。在所有人惊讶的目光中，戚梦萦在光影图像上飞快地计算，画出一个个图形和箭头。

"这是我设定的逃生路线，孟鹿警官，请你负责组织所有的受害者，沿着计算的路线走，这是最快也是最安全的路径。另外——"戚梦萦镇定地对女警孟鹿说完，再看向云团小姐，"云团姐姐，你应该很熟悉雾莲街的路况，请你配合孟鹿警官一起

领队。至于我们……"

戚梦萦最后扫视了一眼一脸傻笑的柳嘉、冷傲的罗西以及死死盯着光影图像但是肯定没看懂的易天爵："我们负责阻挡雾莲街的居民，为大家保驾护航。但前提是绝不伤害任何人，因为雾莲街的居民们都曾经帮助过我们。"

"以我挑剔的眼光来看，你的教学水平还凑合。"罗西不以为然地扬起眉毛哼笑了一声。

"嗯，唠叨，但总算有点儿烦人精的样子了。"易天爵叉腰咧嘴说。

"谢谢你，柳嘉。"戚梦萦冲柳嘉点了点头，月光下她的笑脸就像一朵美丽的雪莲花。

柳嘉开心地握紧拳头："我、我们还是来研究队形吧！"

大家一路按最佳防御队形行进，正如戚梦萦所预料，当队伍离开雾莲湖，前往半山电车站，途经雾莲街市时，发现熟悉的一切变得奇怪极了。

原本因为理发祭而热闹喧天的雾莲街市此刻出奇的冷清。

街道上没有一个行人，不仅如此，那些明亮耀眼的红灯笼也全都熄灭了，只有一轮圆月在雾蒙蒙的夜空中，洒下一片惨淡的白光。

所有人神情紧张地沿着街道往前走，沿街店铺黑漆漆的窗户像一双双空洞的眼睛，死气沉沉地看着街道中央的一行人。

"大家都到哪里去了？"青葱先生困惑地低声问。

"大概还在理发馆理发吧。"蝙蝠猪巴比不太确定地回答。

"不是说被理过发，就会被鹤鸣理发馆控制吗？"啤酒肚大

叔颤巍巍地问。

"难道说……应该不会吧？怪物围城那是恐怖电影里才会有的桥段！"

"喂！有人吗?！"一个好事的红头发受害小伙大喊，声音在空旷的街道中引起无限循环的回音。

柳嘉郁闷地瞟了那个喊话的人一眼。他现在恨不得用朦胧术把所有人都藏在黑雾里，安全地送抵半山电车站和夜行者会合。

雾莲街安静得太诡异了，他隐约地感觉有无数双眼睛正在那些黑暗的角落里窥视着他们。

"等电车到站，我们所有人一起离开。"

"好。"

戚梦萦和女警孟鹿走在队伍最前面，积极地商讨着接下来的对策。

"嘘！"柳嘉忽然打了个噤声的手势，队伍跟着他一起停了下来，"我好像听见了奇怪的声音。"

"哼。"易天爵握紧赶猪棒，警惕地看向四周，"原来，在这里'欢迎'我们的人，真不少。"

"那、那是什么？"一个挺着啤酒肚的胖大叔指向右边——一个身影像被拉扯着的木偶，摇摇晃晃地从黑色的街巷里走了出来。所有伫立在街道中央的人都紧张地屏住了呼吸，迅速地抱团靠拢。

"是倒霉鬼成衣店的青女。"戚梦萦低声说。

只是青女完全没有了平日里的温柔笑颜。被控制的她举着一把闪着寒光的锋利缝纫刀，眼睛上翻，像蛇一样的脖子奇怪地扭曲着，嘴里吐出分叉的红信子，发出一个拉长音阶的"嘶啦嘶啦"声。

"背叛者，消灭！"

"那边也有！"队伍里再次发出一声惊呼。

柳嘉惊讶地四处张望，发现原本紧闭的店铺门被一扇扇地打开了，一个又一个身影从店铺里、旁边的巷弄中走了出来——肚子疼甜汤店的孟阿婆、老不死书店的木鱼老板、送他棒棒糖的桃子奶奶、常常迷路的道轮车夫，甚至还有一铭拉面馆的一铭先生……他们全都失去了平日里的热心善良的笑容，阴沉的脸上没有一丝活气。

"背叛——杜娜夫人——死！"

"抓住——雾莲街的——叛徒！"

街道中央的众人害怕得挤成了一团，几个胆小的人已经抱着头尖叫起来。

"现、现在我们该怎么办？"云团小姐害怕地向后缩。

"按照计划，往下一个目标地点出发。"戚梦萦镇定地说。

孟鹿指挥所有受害者跟在身后，朝地图上标记好的巷子跑去。

"抓住叛逃者！"雾莲街的居民们纷纷大喊着朝队伍追打。滚在最前面的道轮车夫用力撞了上来，易天爵徒手抓住他的木头拉杆，把他推进道路旁边一家店铺里，然后锁上了门。道轮车夫在店铺里狂叫着撞击被反锁上的门。

阴森森的窄巷中，几个雾莲街居民冲了出来。

当他们一拥而上，罗西释放冰雾，顿时将他们的速度变成

像蜗牛那样慢悠悠的。

戚梦萦和柳嘉走在队伍最后。易天爵和罗西则分别保护两翼，谨防居民突然从巷子两边蹿出来。

柳嘉随时发动朦胧术救助被居民抓住的受害者。

戚梦萦则不停释放火墙，将纷纷拥过来的异变居民阻拦在队伍的后方。她已经累得大汗淋漓了。

忽然间，一声巨响令队伍停了下来。

队伍前端的受害者行进受阻，全都慌乱地挤成了一团。

"发生什么事了？"柳嘉困惑地来到队伍前端。发现一个身高两米左右、头戴面具的精壮野猪人，拿着一根比碗口还粗的铁棒挡住了人群的去路。而在他的旁边，是一面被铁棒击穿了一个洞的石墙。

"是雷鸣阁武具店的铁牙师父。"易天爵眉头紧皱地说。

"他就是你打工那家店的老板？"柳嘉惊讶地睁大眼睛。

"嗯。"易天爵表情沉重地点点头，"第一位在梦里教我棍棒功夫的师父。"

"背叛者，退后！"野猪人铁牙的声音洪亮得像一口铜钟，"战斗还是死亡，鲜血还是荣耀，由你们选择！"

缩成一团的受害者就像受惊的羊羔，呜咽着挤在一起。

在柳嘉和其他人惊讶的目光中，易天爵坚毅地走上前去，站在野猪人面前，将赶猪棒重重地立在地上。

"铁牙师父，虽然我书读得少，但绝不会背叛同伴和我要守护的人。对雾莲街的居民来说，杜娜夫人一伙才是真正的叛徒，这是我所选择的正义。"易天爵说着，忽然举起赶猪棒，凶狠地咆哮道，"如果你想伤害我的朋友，得问我的棒子答不答应！"

"说得好！"没想到铁牙师父竟然豪爽地大笑起来，用力挥动铁棒，指向易天爵，"我受杜娜夫人之托，阻断你们的去路，我已经做到了。这一仗就让我们践行各自的正义，无关其他。"

"您的意思是，我、我们可以先走吗？"几个受害人惊喜地问。

"走！"铁牙师父铁棒一挥大声说，两眼灼热地盯着易天爵，"至于你小子，祝你死得其所。"

"易天爵，你行吗？"柳嘉担心地问。

"少废话。"易天爵一声怒吼，目光狂热地闪动，"我早就想和铁牙师父大战一场，你们先走，这里我一个人就够了。"

"易天爵，那你……"戚梦萦有些担忧地迟疑起来。

易天爵不耐烦地摆摆手："别婆婆妈妈的，快走！"

"我们在电车站等你。"戚梦萦顿了顿，"一定。"

"哼。"易天爵厌烦地皱着眉把头扭到一边，恰好让戚梦萦看不见自己微微发红的脸颊。

"耍猴的！"罗西从鸭嘴兽背包里掏出两颗塑料胶囊，扔给易天爵，"'仙飘飘油'，从古灵精手里赢来的。涂在鞋底，速速滚来电车站。"

"呵。"易天爵接住塑料胶囊，咧嘴一笑，"死鱼眼，可别指望我会谢你。大话精、烦人精，告诉夜行者，我马上就来。"

第十四幕 结束

与雾莲街
诡眼蜘蛛

ACT
15

快填饱
我的胃！

第十五幕

变异泥人·佐尼克

　　女警孟鹿拍了拍易天爵的肩膀，然后领着受害者绕开了野猪人，继续往电车站赶去。不过，逃生路上并不轻松，雾莲街的居民们仿佛能感应到他们所在的位置一般，持续不断地朝他们聚拢。

　　"口哨，拿着这个。"

　　罗西在混乱的人群中扔出一个小布袋，柳嘉赶紧伸手接住，发现里面竟是各种糖果和玩具——变换发型的嘭嘭糖、黏糊糊鼻涕变形发胶、草蜢发型溶解气泡球……还有许多柳嘉叫不出名字的东西。

　　柳嘉赶紧把罗西的装备分发给大家。

分发糖果时，一铭先生突然朝柳嘉扑了过来。慌乱中，柳嘉随手将一颗翅膀形状的糖果塞进了一铭先生的嘴里。一铭先生锋利的指甲在距离柳嘉的脸不到一毫米的位置停了下来，他眨了眨迷茫的眼睛，突然间向上踮起脚，跳起芭蕾舞来！

"怎么回事？"柳嘉瞪大眼睛看着旋转跳跃的一铭先生。

"是梦游糖果。"罗西得意地翘起一边嘴角，掏出一颗粉红色的桃心糖，"还有更好玩的。"说完，他把桃心糖朝追过来的道轮车夫扔了过去，恰好扔进了车夫的嘴里。

道轮车夫津津有味地嚼着糖果，车轮上那张凶神恶煞的脸渐渐变得面泛桃花，柔情似水，随即他大叫着朝青女冲了过去："青女，请你务必听听我真挚的表白！"

"是表白糖果！"戚梦萦看着被青女狂揍的道轮车夫，惊讶地拿起一颗桃心糖，"罗西，你这样做侵犯了他们的隐私，不太好……"

戚梦萦的话音没落，孟阿婆突然厉声大叫着朝她冲了过来。戚梦萦惊吓得手指一滑，将表白糖果扔进了孟阿婆的嘴里。

在不远的地方，不明情况但有样学样的孟鹿也恰好把另一颗表白糖果塞进了疯狂的桃子奶奶嘴中。孟阿婆和桃子奶奶的攻击戛然而止，她们掉转头，像赛跑一般朝仍在跳芭蕾舞的一铭先生狂奔而去，互相推挤着激动地邀请一铭先生喝甜汤、吃糖果。

柳嘉和罗西、戚梦萦交换了一个难以置信的目光。

其他受害人大多吃下了嘭嘭糖，此刻头上都冒出各种奇怪的发型。有几个运气不错的人，头发竟然变成了水枪和喷泉的

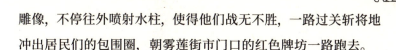

雕像，不停往外喷射水柱，使得他们战无不胜，一路过关斩将地冲出居民们的包围圈，朝雾莲街市门口的红色牌坊一路跑去。

没过多久，他们终于登上了蛤蟆电车。

追击的雾莲居民们无法上车，只得徘徊在紧闭的车门外叫骂。

当电车上的人们听到铁蛤蟆电车启动的响铃声后，纷纷松了一大口气，横七竖八地瘫倒在电车里，所有人都狼狈不堪，凌乱的发型和车厢里烤箱似的装饰，融合在一起宛若一盆做砸了的蔬菜烩饭。

柳嘉趴在车窗上，担心地看着渐渐缩小的红色牌坊和变异的居民们。

很快，电车驶上了山坡，柳嘉发现原本繁荣活泼的雾莲街市，此刻看上去死气沉沉。

柳嘉惋惜地叹了口气。来这里短短的一段时间，令他对雾莲街和这里的居民有了一种奇妙的感情。他忽然明白，即使是在梦域碎片里，也有人情冷暖，也有善良与邪恶。想到这里，柳嘉似乎懂了父亲在梦域空间冒险的牵挂。

终于，铁蛤蟆电车驶入了半山上的电车站台。

柳嘉和戚梦萦、罗西跟在其他人身后，疲倦地走下了电车。

然而，他们刚踏上站台便震惊地愣在了原地。

这里早有一大群人等候多时了。

灯火通明的站台上，龅牙青蛙呱利油被几根草绳绑在一根高高的铁柱上号啕大哭。陶俑三人组正拿着沾水的毛巾，清洁

荆棘夫人沾满湿答答"口水球"的脸，佐臣氏颐指气使地命令独眼草鞋士兵和机械螃蟹们趴在地上整理乱成一团的发束，呱利德则带领其他的龅牙青蛙，不停地给发束涂抹润滑油。

而原本应该在这里接应他们的夜行者却不见了踪影。

更让所有人惊讶的是，洛茜和摄影师叶亦涵竟然也在站台上，被几个独眼草鞋士兵死死摁住跪在一旁。

"洛茜，叶亦涵先生！"柳嘉惊讶地大叫。

"这两个叛徒未经夫人许可，就想私奔逃离雾莲街。"佐臣氏阴冷地笑着说，"按规矩，他们要被沉到雾莲湖底，做成饲养变异雾莲的肥料。"

"至于你们，还没见识到——我的厉害，就想跑?！"荆棘夫人站在人群的最前方，阴阳怪气地说，"休想——离开雾莲街。"

"卑鄙！"洛茜咬牙切齿地瞪着佐臣氏，山茶花般姣美的脸此刻脏兮兮的，"佐臣氏，在你最落魄时，我曾给你做过一碗拉面，现在真后悔死了！"

佐臣氏面色铁青，牙齿磨出愤怒的"咔咔"声。

"杜娜夫人，或许我现在应该称呼您为荆棘夫人了。"摄影师叶亦涵缓缓抬起头，脸庞上布满了伤痕，"很遗憾，我依然无法为您照相。现在的您，绝对无法拥有最有价值的瞬间，一辈子，都不会有。"

"放肆！"荆棘夫人一声怒吼，发束朝洛茜和叶亦涵击打过去，将他们紧紧地缠绕了起来。发束上的尖刺扎得洛茜大声惨叫。叶亦涵死命地咬住嘴唇，不让自己喊出声，他看着洛茜痛

苦的模样，不禁露出了悲伤的神情。

"哈哈哈！"荆棘夫人癫狂地大笑起来，目光凌厉地看着眼前的囚徒们，"佐臣氏，我——改变主意了。今天，我要把这些——蠢奴隶，统统——就地正法！"

几根像藤鞭一样的发束忽然朝柳嘉挥了过来。

猝不及防之下，柳嘉被狠狠地抽中了脸，他痛苦地扑在地上，感觉自己如同被一颗实心铅球击中一般。

"接下来——是你！"荆棘夫人抬起另一只手，一根粗壮的发束猛地朝罗西抽打过去。罗西早已酝酿好了两团蓝色冰雾，当他抓住发束，寒冰蓝雾顺着发束飞快蔓延，很快便将发束冻成了冰柱。

"冻僵的蛇可没那么柔软。"罗西恼怒地用手指在"冰冻发

束"上一弹，僵硬的发束瞬间支离破碎，散落一地冰碴。

而此时，戚梦萦也已经完成了吟唱，手中显现出两朵耀眼的火莲，她优雅地双手交织，划出一道火墙，火在荆棘夫人的发束间熊熊燃烧起来。

"夫人，时间不多了。"佐臣氏一脸阴沉地扫视了一眼小狩梦人，"在那位先生到来之前，我们最好速战速决。"

"你说得对——佐臣氏。"荆棘夫人示意所有仆从们退后。

小狩梦人惊讶地发现，荆棘夫人的发束像藤蔓一般爬满了整个站台的地面、墙壁、房顶，将他们团团围住。

"地棘天荆——给我抓住这群——调皮捣蛋的死、老、鼠！"

发束飞快蠕动起来，交织成天罗地网朝人群铺撒过去。几秒钟后，站台上绝大部分人都被荆棘夫人巨大的发网控制住了。与此同时，一路追赶的雾莲街居民们，也都从山脚下陆续攀登上站台。

"我先——制裁谁呢？"荆棘夫人目光一凛，转向罗西，尖声咆哮道，"小——老鼠害我扑了不少空，让我——把你钻——心剜骨！"

"小心！"云团小姐一把推开罗西，发束惊险万分地擦过她的鼻尖。一直笼罩在她头上的白色云纱，云朵一般缓缓飘落了，露出一个年轻女生清秀的脸庞，她那头乱蓬蓬的黑色鬈发和理发师苔德几乎一个模样！

"住手……"云团小姐的声音就像风中萧瑟的落叶。

在站台上所有人惊诧的目光中，她坚定地朝荆棘夫人走了过去。

"站住！"佐臣氏走上前，把云团小姐拦了下来。

"不用担心，佐臣氏。"荆棘夫人挥着发束，嘲笑着说，"依我看，这位懂事的——姑娘，多半是来——投降的。"

云团小姐低着头战战兢兢地站在荆棘夫人的面前，像只过冬的鹌鹑一样害怕得缩成一团，但她仍壮着胆子仰头看向荆棘夫人那张右半边沉睡的脸，用颤音说着："爸爸，请您醒一醒！是我，您的女儿，苔伊冰。"

荆棘夫人困惑地停住动作，发束的舞动也变得僵硬而疑惑。

就在这时，柳嘉意外地发现，荆棘夫人脸上一直沉睡着的属于苔德的半边脸，竟然缓缓地睁开了眼睛，目光闪烁地看着云团小姐——苔伊冰。

"你……刚才说什么——"

"住口！苔德！不许——说话！"荆棘夫人刚发出苔德忧郁低沉的声音，瞬间就被杜娜夫人尖厉的嗓音覆盖过去。

"爸爸，您认不出我了吗？"苔伊冰颤声说着，眼泪涌出了眼眶，"您曾是一位出色的理发师，为了追寻理想中的高超技艺离开了家。可是，现在的样子难道就是你一直追求的吗？这一切值得吗？"

"小冰……我想让你成为最美丽、快乐的女孩，可是……"荆棘夫人一会儿发出苔德呢喃的哭腔，一会儿又变成杜娜夫人愤怒的咆哮，"苔——德，是我让你得——到了财富、地位，还有无——与伦比的理发技术——不许背叛我！"

"爸爸，我们回家吧。"苔伊冰柔声说，颤巍巍地伸出手轻抚苔德的那半张脸。

"孩子，我很后悔迷失了自己。现在，已经来不及了……"

苔德已经声音呜咽。

"不，永远都来得及。"戚梦萦走上前高声说，并且回过头看了柳嘉一眼，"拥抱希望，就能在黑暗中开出花朵！"

"闭嘴！"杜娜夫人那半边脸发出气急败坏的厉声尖叫，"臭——丫头，竟敢给我——添乱！荆棘丛生！"

"不！不要伤害我女儿！"苔德的半边脸惊慌失措，他举起手中的秘银剪刀对准自己的心脏，"否则我就毁了这具身体！"

"苔德——你这个—废物——愚蠢的猪！"杜娜夫人的半边脸怒不可遏地咆哮，"佐臣氏！你们这些蠢——货，还愣着干什么?！干掉他们——一个不留！"

眼看半山站台上又要开始一场激烈的混战。

忽然间，天空中闪过一道闪电，一阵轰隆隆的雷声之后，瓢泼大雨倾盆而下，将半山站台上的人们淋得透湿。

正在短兵相接的人潮再次安静了下来。雾莲街居民们的发型被大雨冲刷得完全没了形状，就像被按住了暂停键的机器人般突然顿住，站在雨中茫然不安地朝四周的奇怪景象张望着。

"不好！控制被解除了。"佐臣氏低声惊呼。

女警孟鹿和其他人在最短时间内迅速向雾莲街居民们解释了之前发生的一切。居民们纷纷震惊地看着荆棘夫人以及佐臣氏，并发出愤怒的抗议：

"可恶！竟然利用我们干这么肮脏的勾当！"

"鹤鸣理发馆——杜娜夫人——滚出雾莲街！"

"快放了洛茜和叶亦涵！"

"啊哈哈哈——可笑！"荆棘夫人癫狂大笑，"雾莲街可是靠我杜娜——夫人才发达起来的。忘恩负义的——东西！我要重——重地惩罚你们！"

"杜娜，住手吧！"苔德的半边脸在哀求，"一切都该结束了。"

"可恶的苔德——滚开——身体让我来控制！"苔德和杜娜夫人铆足了劲，被他们同时控制的身体就像蹩脚的舞蹈演员，四

肢失控地胡乱舞动起来。

柳嘉发动朦胧术，把洛茜和叶亦涵拉进了黑雾里，飞快地回到了蛤蟆电车旁边。戚梦萦划出火墙，抵挡住向人群进攻的机械螃蟹和草鞋士兵。罗西对龅牙青蛙释放冰霓术，趁机救出了被他们摁倒在地上的古灵精。

"可恶！"佐臣氏心急如焚地来回踱步。

当他看见蛤蟆电车旁洛茜和叶亦涵紧紧拉着手，一起为几个小鬼大声加油时，目光狠狠地扫向了朱迪捧着的红色匣子，他走过去打开匣子，拿出一个绿色的陶土药瓶。

"佐臣氏大人，'绿色弹簧'研制还没有完成！"

朱迪低声惊呼，她身后的侯珊和卢瑟也都神情紧张地看着他。

佐臣氏阴沉地扫了一眼并没有什么战斗力的陶俑三人组："向杜娜夫人表忠心的时候到了。你们把这个喝了，和我一起制裁那些背叛者！"

佐臣氏将药水灌进了三个仆从的嘴里，不到一会儿，三人惨叫着，身体像水一般扭动起来，然后汇聚到一起，变成了一大团扭动着的绿泥。

"那个蠢蛋准备自暴自弃了吗？"

罗西和戚梦萦警惕地走到柳嘉身边，他的话音刚落，绿泥突然将佐臣氏也吸收了进去。

在柳嘉和其他人的惊呼声中，绿泥"咕噜咕噜"地膨胀了两下，冒出几个气泡，接着继续扭动，最后变成一个两米多高、丑陋无比的怪物。

"是佐臣氏大人，他变身成绿泥人佐尼克了！"怪物仆从们突然激动地大声喊叫起来。绿泥人佐尼克仰起头发出一阵吼叫，黏糊糊的口水流了一地。他长着人类的身体和四肢，却在地上爬行着，半透明的绿色皮肤包裹着肌肉发达的身体，五官都皱在了一块儿。

佐尼克像弹簧般将身体拉长，轻松地从罗西的冰雾和戚梦萦的火墙上空横飞过去。他落地时像团巨大的果冻，弹性十足地颤了两下。

"轮到你了，嚣张的小子！"

佐尼克用舌尖舔着尖牙，发出一声佐臣氏特有的阴冷大笑，"收拾你们，根本用不着夫人动手，有我佐尼克就够了！"

"泥人巨胃！进入酸液地狱吧！"

佐尼克张开臭气熏天的大嘴，想要一口吞掉惊呆了的柳嘉、戚梦萦和罗西。可当他合拢嘴时，尖利的牙齿却硬生生地咬在了一根铁棒上。

"该下地狱的人，应该是你吧，丑八怪。"

豪迈的声音传来，柳嘉几人惊喜扭头，暴雨中，一个黑色身影双手紧握赶猪棒，身上的塑料雨披在狂风中骄傲地翻飞，凌厉的闪电照亮了他斗志昂扬的脸，雄健的身躯仿佛雷神降临。

"易天爵！你终于来了！"柳嘉惊喜大叫，戚梦萦也长舒了一口气。

"大头猴的耍帅功夫，倒是学得不错。"罗西调侃道。

"你们被一团鼻涕吓成这样，真没用。"易天爵骄傲地冷哼，"要不是这场雨，我还能和铁牙师父大战两百回合！"

"臭小子，竟敢无视我佐尼克大人的存在！"佐尼克气急败坏地怒吼，将嘴张到最大，一口咬在易天爵的身上。在柳嘉、戚梦萦和罗西震惊的目光中，他沉默了几秒，接着发出一声凄厉的惨叫，柳嘉发现佐尼克竟然被磕掉了六颗牙齿！

"哼。"毫发无损的易天爵嫌恶地扔掉了沾满佐尼克绿油油口水的雨披，露出身上布满锋利锯齿的黑色铠甲，"铁牙师父送我的锯齿铠甲，就凭你的破牙，休想咬穿！接下来，轮到我们反击了！"

"八爪者——柳嘉！"柳嘉两眼发光，双臂喷薄出黑雾。

"雪狼者——罗西。"罗西单手潇洒地一挥，蓝色的冰雾在半空中闪着神秘的光。

"戏猴者——易天爵！"易天爵将赶猪棒插在地上，肌肉开始胀大，他见戚梦萦无动于衷，不耐烦地挑了挑眉毛，"喂，烦人精，你的台词呢！"

"你们这样，让我觉得很丢脸。"戚梦萦看着手舞足蹈的男生，对他们莫名其妙的"英雄情怀"无力地扶着额摇了摇头。

"装模作样的臭小子们，看我不宰了你们！"佐尼克怒吼着，用力拉长身体，朝几位狩梦人弹射过来。

这时，戚梦萦朝地面上划出一道火墙。

喷溅的烈焰中，易天爵咧嘴一笑："野火烧不尽……"

赶猪棒从火墙上空挥过，仿佛燃烧的火炬一般将佐尼克重重击飞。

　　"咻——全垒打。"罗西悠哉地吹了声口哨。

　　佐尼克惨叫着在站台的墙面和地板上到处弹跳着，直到着火的头终于被雨水浇灭，才气喘吁吁地趴在地上。

　　"可恶的浑小子们！"佐尼克的双眼闪过一道凶残的红光，身体蓄满能量后，再一次腾空跳起。

　　罗西不屑地冷哼，释放出两团浓郁的深蓝色冰雾。

　　"春风吹又生……"巨大化的易天爵再次挥动赶猪棒，狂风卷起冰雾向前涌去，佐尼克拉长的部分身体被冰雾冻结，接着被易天爵击碎成好几块，重重地砸在地上。

　　"最后，一岁一枯荣！"

　　柳嘉坏笑着翘起一边嘴角，发动朦胧术，和易天爵一起穿过一大群冲上前掩护佐尼克的怪物仆从。赶猪棒重重地立在佐尼克烂泥般四分五裂的身体上。

　　"战斗结束。"易天爵得意地用拇指抹了一下鼻子。

　　"佐尼克大人！"怪物仆从们惊惶失措地大叫着，被雾莲街的居民们驱赶得东逃西窜。佐尼克气急败坏地转头朝荆棘夫人看去，发现杜娜夫人和苔德仍在疯狂争夺着身体的控制权，云团小姐苔伊冰

在一旁不抛弃不放弃，拼命鼓励着她的父亲。

"可恶的女人！"佐尼克恨得牙痒痒，他恶狠狠地扫视了一眼狩梦人，一团稍小的绿泥偷偷地蠕动，溜到了捧着红木匣的呱利德旁边，"那位先生就要来了！绝不能耽误了杜娜夫人的大事。"

"他在做什么?!"

柳嘉发现异状时，已经来不及了。那一小团绿泥突然咧开大嘴，一口喝下了红木匣中另一瓶绿色药剂，佐尼克分裂的身体顿时变成了几摊绿水流动起来，几秒钟后重新汇聚在一起，弹性十足的绿泥怪佐尼克变得更加巨大了。

"等我先解决那个坏事的蠢女人，再来收拾你们！"

佐尼克恶狠狠地说着，突然腾空跃起，瞬间跳到了苔伊冰的面前，戚梦萦还没来得及叫出声，他已开始准备吸收云团小姐的身体。

"救命！"

云团小姐的身体瞬间被佐尼克吸收了一大半，只剩双脚仍在外面拼命地挣扎，就像一只溺水的小花猫。在所有人震惊的目光中，佐尼克挺起身子，囫囵吞枣地将苔伊冰完全吸收了下去，绿色的液体冒了个泡，佐尼克的身体又变大不少。

"不！"苔德的半张脸惊惶地大声嘶吼，"吐出来！把我的女儿吐出来！"他急红了眼，用发束和双手死死地掐住佐尼克的脖子，全然没有之前唯唯诺诺的模样。

佐尼克憋得无法呼吸，情急之下竭尽全力推开荆棘夫人，苔德的脸恰好倒在了一旁抱着红木匣吓到腿软的呱利德脚边。

"小冰……我的女儿……"苔德绝望地呼喊着。

狂怒让他失去了理智。突然，他竭力控制住荆棘夫人的身体，抢过了红木匣，抓起匣子里所有的药剂瓶，连木塞都没有拔下，混着胡乱打碎的玻璃瓶碴，将药水一口气全倒进了嘴里。

"苔——德！你想做——什么?！"杜娜夫人的半张脸惊慌失措地大叫，"不——能！这是——自寻死路！"

第十五幕 结束

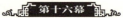

第十六幕

 弗拉斯·蛛影

柳嘉难以置信地看着眼前这一幕。

荆棘夫人的身体就像被用力拉扯的七彩泡沫，不断地膨胀变异，到最后几乎看不出形状。

渐渐地，杜娜夫人和苔德的叫喊声被一个粗粝阴沉的声音取代。

"饿，好饿！"

变成异形泡沫的荆棘夫人随手抓起浑身颤抖的呱利德，将它吸收进自己的身体里。

四周的怪物仆从尖叫着四处逃窜，却被异变的荆棘夫人用大手横扫千军般地攥住，一股脑地按进身体里。他的身体也随着吸收人数的增多而不停地胀大，直至完全沦为一个异变泡沫。

"他究竟是哪一边的？"

柳嘉的话音还未落下，异变泡沫就抓住了一个雾莲街的居民，毫不犹豫地吸收了。

"他已经完全失去理智了。"戚梦萦震惊地低语，忽然回过神大喊，"大家快离开站台！"

人们惊恐地大叫着四散逃开，几个跑得慢的居民已经沦为了异变泡沫的一部分。小狩梦人和孟鹿紧张地疏散着混乱的人群。

异变泡沫就像在自助餐厅里挑选晚餐的客人一样，四处打量着东躲西藏的食物，最后将目光落在手中的那把秘银剪刀上。

"噢！我们是剪刀，吃了不消化！"

剪刀上两个人形塑像惨叫着，异变泡沫却面不改色地把秘银剪刀塞进嘴里。

这一次，异变泡沫的形态发生了更加激烈的反应。

他撕心裂肺地怒吼着，渐渐生成了暗绿色的皮肤，模糊的四肢消失了，却长出八只利剪般细长而又锋利的钢铁足刃。

他的身体扑倒在地，变形后的脸上重新戴上了一张闪着寒光的黑铁面具。异变的苔德，终于彻底失去了他本来的样子，变身成了一只体积足以塞满半间教室的"铁刃蜘蛛"。

"嘀嘀嘀嘀——"乾坤手环再次剧烈地振动起来。

"不好！"戚梦萦看着表盘上的提示，脸色变得惨白，"梦魇灾难升级为残暴模式了！"

"弗拉斯——憎恨！"

铁刃蜘蛛声音干哑地叫出自己的名字，笨重的身体出乎意料地灵敏，不等所有人反应过来，他便爬到了佐尼克的面前，目露凶光。

"夫，夫人?!"因为吸收了云团小姐而变大的佐尼克，从喉咙里艰难地挤出一个词。

弗拉斯伸出钢铁足刃，毫不留情地朝佐尼克砍去。

佐尼克这才想起要弹跳逃开，但已经来不及了。他被弗拉斯迅速抬起的钢铁足刃狠狠地钉在了地上，发出一声凄厉的叫声。叫声还未结束，弗拉斯就像吸果冻般把他吸收进了自己的身体里。

"恨——憎恨!"

柳嘉和同伴们目瞪口呆，说不出一句话。更可怕的是，弗拉斯的目光突然朝他们瞄过来，发出一个阴森低哑的声音："可口的——食物。"

"火墙术!"戚梦萦仓促地划出一道火墙，然而弗拉斯完全不为所动，八只钢铁足刃飞快挥动着，仿佛踏着一撮小火星，径直朝他们冲了过来，每走一步，锋利的足尖就在坚硬的地面上踩踏出一个手掌大的坑洞。

罗西释放出冰霓术，但这对弗拉斯来说更像是一阵凉爽的风。

绝大部分雾莲街居民都已经被疏散下山了。躲藏在蛤蟆电车旁的人们和失去了主人的怪物仆从挤在一起没命地大叫。

易天爵举起赶猪棒，张开双臂挡在所有人的前面，发动巨猿术将身体肌肉组织飞快膨胀："怪物! 站住! 我不会输给你!"

"利刃——切割！"弗拉斯挥起钢刀般的足刃，像割草镰刀一样"霍霍"地朝易天爵、柳嘉、戚梦萦以及罗西挥了过去。

"躲开！"伴随一声喊叫，不知从何处突然蹿出的一颗黑色"大球"猛力撞击着弗拉斯露在黑铁面具外的眼睛。

"卑劣——凡人！"弗拉斯挥动足刃想要击落在他眼前不停乱撞的大"黑球"。可"黑球"弹跳的速度快得只能看见一丝残影，弗拉斯不得不闭上被撞得生疼的眼睛，张牙舞爪地愤怒吼叫起来。

"是夜行者！"戚梦萦惊喜地大喊。

"别愣着，快上船！"夜行者一边继续撞击弗拉斯，一边气喘吁吁地大喊，"爱惹麻烦的小鬼们，残暴梦魇可不是闹着玩的！"

柳嘉和戚梦萦紧张地到处张望，发现他们的帆船不知何时停靠在了距离蛤蟆电车不远的地方。受害者正惊慌失措地全都朝帆船跑去。

忽然，空中响起一记沉重的闷响。

柳嘉心里一沉，夜行者被弗拉斯的钢足重重击落在地，黑色的斗篷被划出了一道裂口。

"冰霓术。"罗西抬起双手，蓝色的冰雾在手心旋转。

他蹲下身，将双手重重地拍在地面上，冰雾飞快沿着雨水淋湿的地面蔓延，在站台上结出了一层厚厚的冰。

弗拉斯睁开被撞疼的眼睛，正要抬起尖利的足刃朝夜行者刺去，另几条钢足却在冰面上打起滑来，身体变得摇摇晃晃。

巨大化后的易天爵趁机冲上前去，用赶猪棒将弗拉斯用力

推开。

柳嘉发动朦胧术去救助夜行者，夜行者却再次跳了起来，继续一下又一下地撞击弗拉斯的眼睛，和易天爵一起将在冰面上滑行的弗拉斯击退，使其远离人群。

"奇怪。"罗西困惑地看着朝他们所在方向一次又一次地扑过来的弗拉斯，"那个怪物不是已经敌我不分了吗？鹤鸣理发馆的那只蠢青蛙明明就在他附近，他为什么非要来追我们？"

罗西伸手指向弗拉斯头顶，那是被绑在铁杆上装死的呱利油。

戚梦萦安抚好登船后的受害者，与罗西困惑地相互对视。

蓦然，戚梦萦看到了洛茜手中涌动着诡异红色火光的圆形光球："洛茜，你手中拿着的是？"

"梦魇噬魂珠！"柳嘉大声惊呼。

"什么噬魂珠？"洛茜困惑地瞪大眼睛，守护在叶亦涵身旁。"这是云团交给我的，她说也许能派上用场，让我小心保管。"

"可恶！快把那颗噬魂珠弄走！"

夜行者气喘吁吁地大喊，他和易天爵已经抵挡不住弗拉斯的攻击了，大雨将地面上的冰块化成了水波。

"扔掉吧，怪物要吃这颗珠子！"帆船上有人惊魂未定地喊。

"不，不能给怪物吃！"女警孟鹿焦急地提醒。

戚梦萦从不知所措的洛茜手中接过梦魇噬魂珠，咬着嘴唇看向柳嘉，眼中闪过一抹犹豫。

"柳嘉……"戚梦萦深吸一口气，"带着噬魂珠，有多远跑多远！"

"那只蜘蛛会咬紧他不放的！"孟鹿惊讶地说，"这样做太危险了！"罗西和易天爵也疑惑地皱起了眉头。

"我知道。"戚梦萦点点头，无奈地看着柳嘉，"但是易天爵的速度无法与弗拉斯抗衡，罗西太虚弱了，夜行者必须启动帆船，我的技能对弗拉斯无效。"

戚梦萦皱了一下眉头，郑重地将噬魂珠交给柳嘉："柳嘉，现在只能靠你了，不能让弗拉斯吞噬梦魇噬魂珠，否则雾莲街的一切都将不复存在。"

"明白。"柳嘉接过噬魂珠，微笑着看了一眼戚梦萦和罗西，"不用担心，我可是八爪者，他跑不过我。而且，我也不希望雾莲街消失，这里有易天爵的铁牙师父、罗西的猜谜游戏对手，还有帮助过我的许多好心人。"

"记住，往湖边跑，尽量拖时间。"戚梦萦认真地叮嘱，"弗拉斯一旦被你引开，我就会让夜行者启动帆船，追过去接你。"柳嘉用力点点头。

戚梦萦舒了口气，上前一步，目光炯炯地盯着柳嘉。

"注意安全……不要让我后悔今天的这个决定。"

"包在我身上。"柳嘉翘起嘴角，自信地高举梦魇噬魂珠。

"口哨，拿着这个。"罗西朝柳嘉扔过去一颗椭圆形的小胶囊，"仙飘飘油胶囊，最后一颗。别忘了，往烂泥地里跑。"

柳嘉心领神会地笑着，冲罗西竖了一下大拇指。

"美味——弗拉斯——好饿。"弗拉斯饥渴地嘶吼着，朝帆船冲了过来，夜行者和易天爵拼命阻止，可是在疯狂的弗拉斯面前他们已经力不从心了。

柳嘉拆开胶囊，将油涂抹在鞋底，抱着梦魇噬魂珠飞快地跳离了帆船。

柳嘉一边沿着铁轨往山下跑，一边对着弗拉斯大喊："丑蜘蛛！你不是肚子饿吗？快来抓我啊！"

弗拉斯机械地扭过头，看见柳嘉高举的梦魇噬魂珠，绿莹莹的眼睛里放射出饥饿难耐的光。

"小偷——美味——弗拉斯。"

弗拉斯掉转方向，挥动着八只钢铁足刃朝柳嘉冲了过去。

柳嘉感觉脚底生风，毫不费力便能跑得飞快，他的身后回响着人们激动的欢呼声。

"大话精，如果敢被这个混蛋抓住，我饶不了你！"

"柳嘉！千万保护好噬魂珠——别回头！"

"柳嘉，谢谢你！"

柳嘉沿着崎岖的山路，不顾一切地朝山脚下狂奔。以他现

在的奔跑速度，即便是参加全米兰市的高校联盟百米竞赛，也一定能毫不费力地刷新纪录。

然而让柳嘉没想到的是，弗拉斯追击的速度比他想象中更快。

好几次，弗拉斯锋利的足尖几乎就要劈中柳嘉，幸亏他及时发动朦胧术，才惊险地躲过致命攻击。

当柳嘉一口气跑到山脚下泥泞的荒原上时，雨点像在发泄愤怒般，重重砸在稀疏的枯草和柳嘉身上。

凄厉的闪电和震耳欲聋的雷鸣，让弗拉斯变得越来越兴奋、狂热。

"给我——食物——小偷。"弗拉斯疯狂地怒吼。

柳嘉尽量往淤泥地跑，弗拉斯毫不迟疑地追上去，结果锋利的钢足深深地陷进泥地里，奔跑的速度骤然慢了下来。

"笨蜘蛛！"

柳嘉气喘吁吁地看着在泥地里挣扎的弗拉斯，然而高兴不到半秒，弗拉斯突然仰起头发出一声拉长的怒吼。

"佐尼克——之力。"

在柳嘉呆滞的目光中，弗拉斯钢铁足刃的关节接缝处竟然涌出了一团团绿泥，像一层厚厚的透明橡胶，包裹住了他的全身。

弗拉斯用力腾空跃起，仿佛一颗蜘蛛形状的橡皮球蹿出了泥地，朝柳嘉弹跳过来。模样虽然滑稽极了，但速度却再次提升。

"我敢说——这一定是雾莲街最大的跳蚤。"

柳嘉一边目瞪口呆地喃喃自语，一边抱紧梦魇噬魂珠夺命狂奔。

暴雨和泥泞的地面加大了柳嘉逃跑的阻力，并且需要不时地发动朦胧术躲避攻击，柳嘉渐渐感到力不从心了。

他气喘吁吁地看了看手环上的精神能量值，已经不足 10%。

埋头围着荒野跑了一大圈后，柳嘉终于回到了雾莲湖边。此时天色微明，雨水狂暴地砸在雾莲湖面，荡起激烈的波澜，仿佛一朵朵盛开的水莲花。

"弗拉斯——诱惑。"

弗拉斯趁柳嘉速度减慢之际，挥舞足刃朝他劈去。

柳嘉眼角余光瞥见了雾莲湖中弗拉斯的倒影，立即发动朦胧术……

黑雾并未来得及将他的整个身体包裹起来，他的脚尖踢到了一块凹形石上，身体向前扑倒，一直被他护在胸前的噬魂珠也随之跌落，加上柳嘉身体的重压，噬魂珠竟然融合在了柳嘉黑雾化的身体里。

"弗拉斯——食物——抓住。"弗拉斯一眨眼便追了过来。

柳嘉刚想挣扎着爬起来，脚踝处却传来一阵剧疼。

他翻过身，弗拉斯的足刃在他头顶上闪着寒光——顿时柳嘉浑身血液冰凉，连心跳都快要停止了。然而弗拉斯却犹疑起来，惊愕而又狂躁地盯着柳嘉的胸口，似乎在思考为何美食突然不见了。

柳嘉低下头，发现一团红光在他胸腔处闪耀着，一直护在胸前的噬魂珠不见了，胸膛里却传来一阵奇妙的交织着寒意的灼热感。

"臭蜘蛛，噬魂珠已经是我的了！"

柳嘉急中生智，底气十足地挺起闪着红光的胸口大叫。

弗拉斯的钢铁足刃悬在半空中，焦躁不安地摇摆着。

柳嘉趁机咬牙站起身，继续绕湖向前跑去。每当弗拉斯想要对他下手，他便亮出红彤彤的胸膛，逼得弗拉斯不得不转而劈砍周围的草木来泄愤。

当柳嘉快要坚持不住时，头顶突然响起一阵轰隆的雷鸣声。

柳嘉抬头看去，被暴雨模糊的视线中，小帆船正在天空逆风飞行，并且离他越来越近。

乾坤手环震动，戚梦萦的声音响起了。

"柳嘉！坚持住，我们已经想好对策了！"戚梦萦心急如焚地大喊，"罗西正在用铁链把船锚和易天爵的赶猪棒连接起来，这样能引导雷电……"

筋疲力尽的柳嘉已经听不清戚梦萦的解释了……

"总之，"乾坤手环的声音切换成了罗西，"口哨，好好跑，我们马上让你见识什么叫电烤蜘蛛。"

"大话精！逞英雄的机会都被你抢走了。不许失败！听见没有！"易天爵在暴雨中大声咆哮着。

"不要放弃！"孟鹿和其他的受害人大声为柳嘉加油打气。

柳嘉身体里突然又涌出了一股力量，继续向前跑去。

帆船灵巧地在弗拉斯头顶盘旋，干扰着他的注意力。

弗拉斯驱赶苍蝇般，对着空中的小帆船嘶吼，狂躁地挥动足刃。

"柳嘉，跑'之'字形路线！"戚梦萦声音急促地说，"夜行者在想办法，把船锚钩在弗拉斯头上！"

柳嘉气喘吁吁，抬头依稀看到小帆船的铁锚在半空中晃晃悠悠……

"左转！"戚梦萦的声音从乾坤手环里传了出来。

柳嘉凭借戚梦萦的提示，缩头躲过了弗拉斯的攻击，飞快转身往左边跑去。

"可恶，只差一点儿！"乾坤手环里响起夜行者的声音。

"耍猴的，拉好船帆。"罗西高声说，"口哨快跑不动了！"

"死鱼眼！不许指挥我！"易天爵一边竭尽全力拉紧船帆，一边不甘示弱地回击，"船帆拉好了！"

"柳嘉，现在往右。"

"又差一丁点儿——柳嘉，再跑快一点儿！"

同伴们吵吵闹闹的声音不停地从乾坤手环里传出来。

柳嘉的精神能量值在飞快

弗拉斯——
食物——

地下降。

他按照戚梦萦提示的方向，一不留神跑到了种满雾莲的花田边。

此时，他感觉双脚仿佛变成了两块水泥，重得再也提不起来了。

"追上了——弗拉斯的——食物——"

弗拉斯欣喜若狂地站在了柳嘉的面前，他的肚子像气球一样飞速胀大，墨绿色的眼珠闪耀着狂喜的光芒。柳嘉惊恐地想要发动朦胧术，可是不管怎么努力，黑雾都没有再出现——他的精神能量已经彻底耗尽了。

弗拉斯张开血盆大口，露出一个黑漆漆的大洞，两排丑陋而锐利的锯齿上沾满了泥巴和混着雨水的消化液。

"柳嘉！别放弃，往右转！"戚梦萦焦急地大喊。

柳嘉倒在花田中大口喘着气，脸上、身上布满了伤痕与泥渍。

他已经站不起来了，即使用双手支撑，拼尽全力抬起一只脚想要再往前迈一步，可是身体却像被雨水淋湿的纸片般软绵绵的，最终扑倒在这片火焰般鲜红的雾莲花田里。

一阵狂风夹杂着雨水吹过花田，柳嘉模糊地看见一片片雾莲花瓣就像火红的蝴蝶，在暴雨中翩翩飞舞，连天空也变成了凄美的红色。

他想起了妈妈的笑容。

记忆中，那一天父亲还在，天气格外晴朗，全家人去郊外踏青，父亲和他一起在夕阳下追逐，直到筋疲力尽。这一切让

他无比怀念，可同时也让他感到一种难以言喻的悲伤，令他的胸口灼热难耐。

"弗拉斯——食物——"弗拉斯低下头朝柳嘉撕咬过来。

"爸爸，我跑不动了……"

柳嘉缓缓闭上眼，充满歉意地低语。

"柳嘉！"

戚梦萦的大喊声骤然响起……似乎不是从乾坤手环中传来的，而是就在耳边！

紧接着，柳嘉似乎听见了弗拉斯兴奋的吼叫声。

他缓缓地睁开眼睛。

朦胧的视线中，一个在风中轻舞飞扬的紫发少女，正背对着他伫立在弗拉斯面前。

她的双脚悬浮在地面之上，身体浮动在半空中，几束紫色火焰从她后背喷涌出，犹如飞蛾的翅膀，又像是纤长的花冠，在空中缭绕飞舞，异样的华美。

"食物——鲜美。"

弗拉斯凝视着紫发少女，声音在激烈颤抖。它张大丑陋的利嘴，朝少女撕咬过去！

紫发少女的手心燃起两团紫焰，火焰在空气中扭动，变形成一把造型华丽的紫焰长弓！

她拉开弓弦，从指缝中涌出的紫焰变成了一根根细长的利箭，搭在了长弓上。

就在弗拉斯即将咬中少女的那一瞬，紫焰利箭如同一阵光雨，不偏不倚地射中了弗拉斯的双眼、胸口、手足！

眨眼间，熊熊燃烧的紫焰覆盖住了弗拉斯的全身。烈焰在噼啪作响，弗拉斯发出撕心裂肺的惨叫声！

"居然为一个无名小卒，燃烧生命召唤我？"紫发少女低声呢喃。

"你是谁？"柳嘉意识模糊地问。紫发少女缓缓地转过头去，莹白月光下，柳嘉难以置信地瞪大了眼睛——竟是戚梦萦！

只不过，她的皮肤微微泛着青光，蛛网般的面纹在两侧脸颊上若隐若现，双瞳如滚烫的熔岩，目光冰冷而凌厉。

"不，你不是戚梦萦，你是——5356号？"柳嘉震惊不已。

戚梦萦微微扬起玫瑰般红艳的嘴唇，没有回答。

数道白光轰鸣着闪过之后，她消失不见了。

突然，一道银白色的闪电像巨大的榆树枝般从天而降，顺着钢铁船锚打在已经痛不欲生的弗拉斯的钢筋铁骨之上。

燃烧的弗拉斯被一层白色的电光包裹，挥舞足刃，凄厉地惨叫着。

紧接着，一道更为巨大的闪电劈落下来，震耳欲聋的雷鸣声中，弗拉斯突然从身体里分解出了一个小小的身影，滚落到柳嘉的身边。

柳嘉定睛一看，竟然是云团小姐苔伊冰！

然后他分解出了第二个、第三个……

每分解出一个人，弗拉斯的身体便会缩小几分。

当他分解出身体里的最后一个人——杜娜夫人的时候，弗拉斯轰然倒地，缩小的身体在雨水中渐渐改变着形状，最终恢复成苔德本来的样子。

　　帆船缓缓地降落在花田里。

　　模糊的视线中，柳嘉看见几个身影跳下帆船，飞快地朝他跑来。

　　他安心地躺在地上，轻轻闭上了眼睛。

第十六幕 结束

公爵大人是世界上最好的人。

第十七幕

雾莲梦域·回归

一阵空灵清幽的歌声在柳嘉耳边回响。

是妈妈吗？柳嘉竖起耳朵，想要听清楚，但歌声却渐行渐远，最后变成了一个熟悉的声音。

"柳嘉……"

柳嘉眨了眨酸软的眼睛，蒙眬的视线开始变得清晰，在他面前的并非母亲崔如意，而是焦灼不安的戚梦萦。

"戚梦萦？这是……哪里？"柳嘉疲倦地环顾四周，发现自己竟然在拉面馆的小柴房里。房间被打扫得一尘不染，旁边的柴火堆上摆满了各种造型奇怪的糖果和玩具，看上去就像一棵古怪的圣诞树。

你醒啦？

"柳嘉，你终于醒了！别担心，你已经安全了。"戚梦萦欣喜地睁大了眼睛。柳嘉感觉她似乎马上就要伸开双臂紧紧拥抱自己，但几秒钟过后，戚梦萦激动的目光回复到理智和冷静，最后尴尬又不失礼貌地笑了笑，将一只手伸到柳嘉面前。

"你的任务完成得不错，八爪者。"

"好吧，看来我没有让你失望。"柳嘉撇撇嘴巴，握了握戚梦萦的手。

"哟！口哨，当救世主的感觉如何？"罗西坐在柳嘉对面，调侃地笑着扬起一边眉毛。

"喊，大话精都快被那只丑蜘蛛吓破胆了。"易天爵咧起一边嘴角，嘲讽地笑着说，"还是吹牛更适合你。"

"相比被那只大蜘蛛追，我宁愿写完所有的家庭作业。"柳嘉心有余悸地嘟着嘴说，"不过，怎么回事？我还以为自己被蜘蛛怪吃掉了！"

回想起脑海中的最后一幕，柳嘉汗毛直竖。

"最后一秒，夜行者用船锚钩住了弗拉斯，他被闪电击中了。"戚梦萦微笑着回答，"易天爵把你救上了船。弗拉斯把吸收进身体里的所有人全都分解了出来，然后重新变回了理发师苔德。"

"看来，是我眼花了……"柳嘉幽幽地说，"那么云团小姐和苔德现在……"

“他们离开雾莲街市了。”戚梦萦深深地叹了一口气，“走之前，苔德把那把剪刀扔进了雾莲湖里。苔德犯下那么大的过错，雾莲街的居民也需要些时间才能原谅他吧。”

“最可恶的应该是杜娜夫人和佐臣氏！”柳嘉愤愤不平地说。

“可惜他们带着那群青蛙和破草鞋溜了。”罗西耸了耸肩膀，“乘着打造成鹤鸣理发馆的那艘蒸汽船。不过，蒸汽船比你的小破船壮观多了。”

柳嘉不满地噘起了嘴。

“铁牙师父已经追过去了，他们跑不掉。”易天爵与有荣焉地拍了拍胸口。

“我后来听说，杜娜夫人也是曾经遭遇致命背叛才性情大变，渐渐成了现在的样子。”戚梦萦叹了口气。

“对了，梦魇噬魂珠！”柳嘉突然睁大了眼睛，“它好像和我融合了。”

“你已经昏迷了三天。夜行者特意向院长申请，我们才能在这里多待几天。孟阿婆在你昏迷的时候，喂你喝了蚀脑茶，再加上桃子奶奶的酸啾啾糖果，梦魇噬魂珠已经分离出来了。”

戚梦萦说着，从身旁捧出一个蓝色的旧木箱，在柳嘉身边轻轻打开。柳嘉发现箱子里竟然装满了清澈的海水，并且在汹涌翻滚着。

“这个箱子是什么？”柳嘉揉着酸溜溜的胃，拼命阻止自己去想象喝蚀脑茶和吃酸啾啾糖果后狂吐的样子。

“这是虚空封印箱，可以把从梦域碎片中得到的物品储存在这里。”戚梦萦把手伸进了木箱的海水中，掏出了一颗只有苹果

大小的透明琉璃珠，"夜行者已经把梦魇噬魂珠封印起来了，这是它本来的样子，果然和书上说的一样美。"

柳嘉仔细端详着戚梦萦手中的梦魇噬魂珠，水晶般晶莹光洁的珠子中心，嵌着一朵火红的雾莲花，鲜红的花瓣就像翩翩飞舞的蝴蝶，在花朵周围轻盈飞舞，梦幻极了。

"可是，你们不觉得珠子小了很多吗？"柳嘉困惑地问。

戚梦萦和罗西、易天爵交换了一个不明所以的眼神。

"我们也不明白为什么。总之，梦魇噬魂珠显形的时候，它就只有这个大小了。"

就在这时，戚梦萦的乾坤手环响了起来。

她低头看了看，兴奋地告知伙伴们："夜行者发来信息，居民们已经准备好了雾莲湖边的告别仪式，大家都在等我们。"

柳嘉摇摇晃晃地走出了一铭拉面馆，脚就像踩在棉花上一样。此时天还没亮，小鸟却已经都醒了，成群地站在街道两边店铺的屋顶上叽叽喳喳地吵闹着，仿佛在催促他们走快些。

当柳嘉和同伴们一起赶到雾莲湖边，那里已经挤满了人，几乎所有雾莲街市的居民都赶了过来，每个人手上都提着红色的灯笼，那场面简直比理发祭还要壮观。

雾莲湖畔，小帆船正停在那里，被一朵朵火红的雾莲花包围着，夜行者在船上忙碌着，看见他们时大声打了个招呼。

人群突然安静了下来，所有人都转头看着柳嘉、戚梦萦、罗西还有易天爵。

"柳嘉！小萦！"洛茜欣喜地冲出了人群，一把紧紧地搂住柳嘉和戚梦萦，激动地大哭起来。

叶亦涵跟在洛茜的身后，彬彬有礼地向他们点头行礼。

"孩子们，你们来了。"一铭先生走上前来，笑容和蔼而又温暖，"洛茜，你把他们都吓坏了。时辰快到了，让大家好好地跟这几位小英雄道别吧。"

洛茜抹着眼泪，又哭又笑地松开了手，站到了一边。

"孩子们，我代表雾莲街的全体居民感谢你们。"一铭先生感激地说，"虽然你们只是雾莲街的游客，却救了我们所有人。"

"我们本想多留你们一些日子，可是那位夜行者大人说，你们还有更伟大的征程要去闯荡……"孟阿婆遗憾地吸着雪茄。

"可不是……"桃子奶奶点点头，用衣角抹着眼泪，"你们可要常来啊……"

"下次，我免费载你们游遍雾莲街！"道轮车夫在人群中大喊。青女羞答答地坐在车上，温柔地笑着。

"老不死书店里的书，任你们免费畅读。"木鱼老板咚咚地敲着头说。

"喜欢的木偶，给你们半价！"清风堂的木斗先生大笑着喊。

"那我的面具，给你们打四折！"白天涯面具馆的假面老板不服气地大叫，和木斗先生气呼呼地互相瞪视起来。

果蝇也纷纷挥着各种宣传单叽叽呱呱乱叫，独眼小黄鸡们则扇着翅膀在众人脚边上蹿下跳，雾莲湖边再次变得热闹无比。柳嘉和戚梦萦、罗西、易天爵相视而笑。

叶亦涵走过来，将四枚雕花鸡蛋郑重地交到他们的手上。

"记忆蛋已经孵化，里面是各位在雾莲街市最有价值的瞬间。我和洛茜感谢各位小英雄的相救。我们明天就将启程旅行，也

衷心祝愿各位，一路顺风。"

洛茜一一拥抱了四位狩梦人，她拉起戚梦萦的手，带着他们穿过人群，朝湖边走去。一路上，居民们纷纷把他们准备好的礼物塞到四位狩梦人的手上，不停地道谢、叮嘱，还有不少人捂着脸哭泣了起来。

柳嘉感觉此刻的自己简直比奥运冠军还要拉风。

罗西经过正在人群中痛哭流涕的古灵精面前时，将一个小布袋扔给了他："拿去，卡片我收集齐了，可以兑换特等奖，价值 100 只金牡蛎。"

古灵精惊讶地接过布袋打开一看，竟全是嘭嘭糖幻彩卡片！

"谢谢公爵大人，此前输掉的棺材本，现在竟然翻倍回来了！"古灵精的眼中闪着惊喜的光，可是一瞬间又大哭起来。

短短的一段路，他们走了将近半小时。当他们登上帆船，柳嘉惊讶地发现，女警孟鹿和其他的受害者都已经躺在甲板上呼呼大睡了。

"时辰到！"一铭先生站在湖边，声音洪亮地大声宣布，"雾莲绽放，生生不息！各位英雄，愿雾莲之火，永远照亮你们的旅途！"

"起航！"夜行者高声大呼。柳嘉感觉帆船轻轻颤抖了一下，接着像一片轻盈的羽毛般，缓缓地升上了天空。

不仅如此，当一阵清风吹过，雾莲街的居民们纷纷举起了手，上百只灯笼仿佛灿烂的星辰，辉映着湖面上火焰般跃动的雾莲，悠然地朝天空中飘去。

柳嘉和同伴们坐在帆船上，惊讶地欣赏着四周壮观的灯海。

大家回头趴在船边往下看去，原本火红的雾莲湖渐渐变成了透明的银白色。

夜空轻轻地卷起了它黑色的帘幕，一道清澈透明的阳光在雾莲湖岸边摇晃，点亮了人们疲倦而又激动的脸。

雾莲街市，新的一天又开始了。

没过多久，帆船顺利地穿过了空墟之眼。

疲倦的小狩梦人昏昏沉沉地靠在船舷上睡着了。

当柳嘉再次睁开眼睛，他们已经回到了那片浓浓的蓝雾里，逆流河上缓缓的流水声让他倍感安心。四位同伴也都渐渐苏醒过来。

"他们还要睡多久？"柳嘉指着仍在沉睡的女警孟鹿和其他受害者问。

"他们吃了遗忘糖果，暂时不会醒。"夜行者站在船头愤愤地说，"一群麻烦的家伙，我哄了大半天才吃糖，尤其是那个女

警，好奇心比猫还重，难怪会被困在这个梦域碎片里。"

"遗忘糖果？那是什么？"柳嘉好奇地问。

"是基地研发的药物。"戚梦萦低声说，"吃了遗忘糖果，醒来后只知自己做了一场梦，却不会记得梦中发生过的任何事情。"

柳嘉轻轻扬了一下眉毛，事实上，就算不吃遗忘糖果，总有一天，他和同伴们也会渐渐淡忘在雾莲街市的这一段经历吧。

时间就是一颗融化在空气中的遗忘糖果，不是吗？

柳嘉突然怅然若失起来。

"咔嗒"。

一声脆响让柳嘉回过神，他发现罗西拧开了一个精致的雕花鸡蛋，在一个椭圆形的光晕中，缩小到只有拇指大的罗西正独自与荆棘夫人战斗，动作潇洒地一次次释放冰霓术，阻止那些长着倒刺的发束进攻。

"是罗西的记忆蛋！"柳嘉赶紧凑过去看，"按叶亦涵先生所说，这就是你在雾莲街最有价值的瞬间！"

"那当然。"罗西得意地挑起眉毛，"雪狼公爵单挑荆棘老妖婆。只要放进虚空封印箱，以后我的子子孙孙也能看得到。"

"嘁。死鱼眼，你就会东躲西藏，没什么了不起。"易天爵从口袋里掏出属于他的那枚记忆蛋，用力拧开，里面出现了他和野猪人铁牙师父热火朝天的大战画面，"铁牙师徒热血之战——这才是真男人的战斗！"

"咔嗒"，戚梦萦也轻轻地打开了自己的记忆蛋。

柳嘉发现，里面竟然是戚梦萦坐在月光下的雾莲湖边和自己静静地聊天的画面。柳嘉的眉毛高高地扬了起来，在心里悄

悄地向叶亦涵竖了一个大拇指——记忆照相馆，名不虚传。

"喂，大话精，看看你的。"易天爵大声说。

"别着急，我的画面，一定最精彩。"柳嘉挺了挺胸膛，抬了抬眉毛，自信满满地说，"先生们、女士们！接下来请欣赏，八爪者最帅气的瞬间！"

他用力扭开记忆蛋，蛋壳上有着温暖的热度，却比钢铁还要坚硬。

然而就在记忆蛋被打开的那一霎，一个可怕的声音突然响了起来，柳嘉吓得几乎把记忆蛋扔在了甲板上。

"诱惑——美食——弗拉斯。"记忆蛋的椭圆形的光晕里，铁刃蜘蛛弗拉斯正在疯狂地追逐柳嘉，柳嘉在暴雨中跟跟跄跄地狂奔，模样狼狈极了。

"喂，大话精，你该不会是在哭吧？竟然还有鼻涕。"易天爵环着手臂认真地评价，"太逊了。"

"咻。"罗西兴致勃勃地看着在泥地里打滚的柳嘉，"八爪者变成了泥鳅者。"

"柳嘉，我不是告诉过你，要直接往雾莲湖边跑吗？"戚梦萦严肃地看着柳嘉，"你的路线完全走错了。难怪我们好一会儿才找到你。"

"嘿嘿，小章鱼看上去像只穷途末路的小老鼠。"夜行者也走过来凑热闹，偷偷瞟着笑道。

听到同伴们的评价，柳嘉脸涨得通红，嘴巴不服气地越噘越高。

"对了，夜行者，你的记忆蛋呢？"戚梦萦忽然问，"叶亦

别了.

雾莲街.

涵先生和洛茜跟我们告别的时候说，他帮你也拍了一张。"

八道犀利的目光同时向夜行者射了过来。

夜行者愣了愣，轻轻咳嗽了一声退回到船头，一边摇着船桨，一边学着戚梦来院长的语调拉长了声音。

"孩子们，每个人都有着自己不为人知的秘密。"

罗西和易天爵把拳头捏得咯吱直响，朝夜行者缓缓走了过去。

"我们的秘密可不能白看。"

"索性我掀了你的斗篷，你的秘密我们就都清楚了！"

"慢、慢着！臭小鬼们，不得无礼！"

正当夜行者和罗西、易天爵吵吵闹闹，一个白色的雕花记忆蛋突然从他被割破的黑色斗篷里掉落了出来，滚到了柳嘉脚边，"咔嗒"一声自动打开了。

"丁零零——"记忆蛋里发出一阵刺耳的闹铃声。

所有人低头看去，发现在那枚记忆蛋椭圆形的光晕中，夜行者正拿着一根钓鱼竿，坐在一条小河边，优哉地一边打着呼噜，一边钓着鱼。他身边放着的乾坤手环里，闹钟正在发疯一般不停地大吵大闹着，手环荧幕上显示着几行鲜红的大字——

28 个未接警报

来自戚梦萦

来自戚梦萦

来自戚梦萦

······

"夜行者……"戚梦萦的头上冒出一团有烧焦味的黑烟，她气呼呼地瞪着夜行者，"你不是告诉我，一直在修船吗？我们与鹤鸣理发馆殊死战斗的时候，你竟然在钓鱼！"

"这个……那个……"夜行者尴尬地支支吾吾，紧接着他用力清了清嗓子，恢复镇定，学着祁莲秘书的声音严厉地说，"咳咳，作为第二代狩梦人，你们应该经受更多的磨砺，才能成才。"

柳嘉挑了挑眉毛，和罗西、易天爵一起朝夜行者走去。

"那么，同样作为第二代狩梦人的你。"

"接受我们给你的磨砺吧。"

"看我的新招——野猪流棍法之——离离原上——草！"

"哇啊——住手。"

逆流河的上空，回响着夜行者惊慌失措的大叫声，惊扰得一大群银色的小鱼从河底一跃而出。它们挥动着宛如蜻蜓翼般

透明的翅膀，像涌动的银河那样朝天空中飞去，驱散了笼罩在逆流河上迷蒙的蓝色云雾。

一轮巨大的银色圆月出现在逆流河上的夜空中。

月色静谧如昔。

第十七幕 结束

豪华的起居室里，银发老人将双手拢在背后，伫立在壁炉前。

此刻，他正目光深沉地凝视着壁炉上的一个古铜雕花相框。内里镶嵌着一张褪色发黄的老旧照片。在照片里，两个身穿博士服的年轻人风华正茂。一个酷似银发老人，正神情倨傲地仰望天空；而另一位年龄相仿的黑色短发男子站位稍后，目光睿智却笑容爽朗，让人不自觉就将注意力聚集在他的身上。

老人仍在沉思，忽然，悬挂在壁炉上的镜子里，反射出一道眩光。

他转头望去，发现挂在琉璃书柜中的那一幅《雾莲幽影》，就像蛇蜕皮一般，画面虚幻地演化着——

一轮淡金色的太阳在画卷中缓缓升起，湖面上一朵朵火红

的睡莲仿佛被阳光净化了一般，蜕变成半透明的银白色。

布满天空的暗红晚霞，逐渐被耀眼的光亮取代，变得焦黑且向上卷曲，最后化作一群尖牙利爪的蝙蝠，愤怒地尖啸着冲出画卷和琉璃书柜，在起居室里横冲直撞，最后纷纷扑进火光明灭不定的壁炉中，发出刺耳的嘶吼。

"故人回归吗？"老人低声呢喃，冰冷漆黑的眼眸深处，闪烁着难以捉摸的神色，"叹过眼云烟，却一如往常，就像来时路上，那道皎洁月光。"

仿佛回应老人的感叹般，画卷中的少女缓缓转过身。

她柔顺的紫发慵懒地盘在头顶，清秀面容被一抹淡淡的白纱遮蔽，露出一双浅红色眼睛，眼角下有一颗红色的莲花状泪痣。在她的手中，那把神奇的秘银剪刀——凤鸣鹤唳，在清晨的阳光下，发出一阵悠远的啼鸣。

这时，茶几上那本摊开的记事簿里，蹿出一道骇人的火光，书写着《雾莲湖紫发公主》的那几页，在焰影中燃烧，直至化为灰烬。

老人慢慢收回目光，扭头朝壁炉上照片的右下角看去，那是一道笔触极其蜿蜒的硬笔签名——B&Q。

"戚梦来，我的老友。看来这一局，我们又打成了平手。"

老人怔怔半晌，声音低沉、高傲而阴冷。

"你毁了我的美丽画卷，而我唤醒了那个女孩心中的恐惧和阴暗……被你寄予厚望的小狩梦人，终将走向比他们的前辈更加可悲的命运。

"多年以来，无休止的争论，难道你还不明白？只有黑暗与

混沌，才是梦域最为科学的伟力。

"时间终会向世人证明，我们两个，谁才是真正的创世者。

"浩瀚宇宙，不退一步。"

扑啦啦——

起居室窗外的梧桐树上，一只五眼乌鸦跳离枯枝。

它扇动长着利爪的黑翼，如同夜的使徒，飞向了城市的另一端。

凌晨的明德校园里一片寂静，仿佛连泥土都陷入了沉睡。然而就在此时，羽毛球馆的方向传来了脆响，那是大门被打开的声音。

戚梦萦独自站在羽毛球馆门口，望着门后黑漆漆的场馆，敞开的大门就像巨兽张大的嘴，等待着猎物主动钻进它空荡荡的腹中。

挂在她脖颈上的那枚帆船戒指，闪耀起幽蓝的光芒。

戚梦萦启动了乾坤手环的透视功能，两道银光在眼前闪过后，她从容不迫地走进了黑黢黢的羽毛球馆里。就在她步入场馆的那一刹那，一个巨大的红色幻象眼球出现在她面前。这是一只充满了残暴气息的眼睛，几乎有她半个身体高，周围是厚厚的深灰色毛皮。

它是那只灰皮大老鼠的孩子，"鼠疫"梦魇瘟疫传染源的后代。

两天前，戚梦萦因为心软，放过了仍是幼鼠的它，没想到两天时间，它不但感染了梦魇瘟疫，强行吞噬了兄弟姐妹急速长大。甚至比它的母亲还要凶残，已经让学校不少老师和同学受伤，住进了医院。

"一时的心慈手软，会造就明天的滔天悔恨……"戚梦萦闭目感叹。

在她的面前，两米多高的巨大灰皮老鼠幻象，朝她露出锋利的尖牙，双眼放射着凶暴的妖光。

戚梦萦身体微微后仰，双脚缓缓离开了地面。

一头乌发无风自动，由下自上地变成了眩目的紫色，蛛网战纹在脸颊上若隐若现，几缕紫焰从她的背后如翼斜飞，在空中轻舞飞扬。

从她手中凝聚出的两把紫焰火匕，在黑暗中闪耀着幽光。

"来自黑暗，回归黑暗。"戚梦萦冷冽地说，"此处不适合你。"锋锐紫焰划破黑幕，戚梦萦手起刀落，巨大的灰皮老鼠幻象瞬间肢解湮灭。

戚梦萦关闭乾坤手环的透视模式，面露哀伤地看着倒在地板上的老鼠幼崽，心中一片死寂，它回到黑暗中，也会开出一朵花来吗？

"博古医生，编号明德 2 号'鼠疫'梦魇瘟疫已经被彻底清除。"

"很好，接下来，继续搜索明德 3 号梦魇瘟疫传染源！"

"收到。"戚梦萦关闭乾坤手环的通话系统，埋头走出了羽毛球馆。当眼泪坠落下来的时候，黑暗中，路灯将她的影子拉得好长好长。

梦域空间
与雾莲街诡眼蜘蛛
落幕

——— 敬请期待第4册 ———

雾莲街
的盛大节日

梦域空间
钥匙开启

?

机密地带
非锁定人员
不得靠近

> **注意！** 狩梦人团队勋章大赛的终极考题，现在就摆在你的眼前！

自从杜娜夫人等人落荒而逃，雾莲街的理发祭就此取消，但是他们有了更受欢迎的新活动——美食嘉年华！你的任务，就在这里——

●**任务目标**：找回孟鹿警官不小心遗落在这里的徽章。

●**可以公开的情报**：徽章就在商业街尽头的美食广场的某个摊位上。

●**任务内容**：你需要挑选商业街上五家店铺，完成老板们的谜题，集齐五个图标之后可获得嘉年华的入场券，寻找正确的摊位，获得宝箱，拿到钥匙，找到徽章。

雾莲街新庆典
美食嘉年华

地地点： 商业街尽头的美食广场
时地间： 周日一整天
入场方式： 在商业街五家店铺消费，集齐商铺图标即可入场

特别提示

1. 依据海报上的信息前往五家店铺，解答店主们的难题，如果完成，即可获得对应积分。
2. 将栏目谜题以及快问快答的谜题积分相加获得总分后，即可参加狩梦人团队勋章的最后考评。

谜题的积分就是其难度系数

寻找徽章 1:"落单"的面具

白天涯面具馆的摊位上人头攒动，嘉年华限量版面具做工精致，而且都是成对卖的！你能帮苦恼的假面具老板找出那个不能卖的"落单"面具吗？（5分）

提示：←

面具店图标获得！
你知道下一个店铺要去哪里吗？再仔细看看！

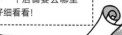

一铭拉面馆店员洛茜的难题

团队共融！

求同存异
合作必胜法则！

◎难度系数:★★★

寻找徽章2:拉面的选择

一铭拉面馆正举办大胃王活动——两人一组挑战超大碗拉面，但有两个人因为选哪一种超大碗拉面而争执不休，洛茜为此头疼不已，你能帮她解决这个难题吗？（5分）

我喜欢肉类，唯独对黄鱼过敏。

我讨厌牛肉，也不喜欢家禽，鱼虾倒是可以接受。

超大份！
牛肉拉面
香菇小黄鱼拉面
香菇炖鸡拉面
蔬菜鲜虾拉面

→ 提示：

拉面馆图标获得！
这一次的大胃王活动由梦乡旅馆倾情赞助。

→ 答案：

排在后面！
每晚都有盛大的篝火晚会，手捧热牛奶人们围坐在篝火旁

寻找徽章3：**奇怪的钥匙**

古灵精用罗西给的100只金牡蛎买下的梦乡旅馆开门营业啦！他把印章锁在了带密码锁的旅店房间里，却给了你两把造型古怪的钥匙，该如何进入房间呢？（5分）

提示：

旅馆图标获得！
数字好像是倒霉鬼成衣店的门牌号，这是巧合吗？

倒霉鬼成衣店青女的难题

保持沟通！
高效联络
保证任务达成！

◎难度系数：★★★★

寻找徽章4：**高效联络网**

一进入成衣店，青女便愁眉苦脸地说道："我为 7 位客人做了衣服，可是每通知一个人就要花 1 分钟，怎么样才能最快联系到所有人呢？"（5分）

→ **提示：**

裁缝店图标获得！
来看看都有哪些客人需要通知呢？

答案详见第 249 页

→ 答案：

寻找徽章5:**狩梦人小队的财富**

来到照相馆，墙面上挂着狩梦人小队的合影，叶亦涵兴致勃勃地说："狩梦人小队有一样最宝贵的财富，如果你能猜出来我就让你通过哟。"（5分）

> 这件宝物是这样的——
> 口中有奇才，吉丝难解开。
> 柴多火则旺，水涨船便高。
> 独木难成林，孤掌不能鸣。
> 莫学蜘蛛各结网，
> 要学蜜蜂共酿蜜。

梦域空间

提示：

照相馆图标获得！你终于集齐了所有的图标，可以进入美食广场的美食嘉年华啦！

答案：
照相馆的照片宝物——团队。

美食嘉年华
精彩不容错过！

YES?

团队最终奥义
齐心协力的力量 ➡

终于来到美食广场，右边是嘉年华的摊位平面地图，藏有徽章的摊位就在左上角！

问题1

既然有美食，一定要大吃一番！怎么走才能逛遍所有摊位而不重复，并且最后到达指定的摊位呢？注意！只能直走，不能斜着走哟。（5分）

◎难度系数：★★★★★

平面地图

GO!

精彩不容错过！

问题2

①面具店 ②拉面店 ③旅馆 ④成衣店 ⑤照相馆

A   B   C   D

终于到达指定摊位，这里摆着 4 个宝盒，每个都刻有复杂花纹，但真正的宝盒应该刻有你收集的所有图标，哪个才是正确的？（5分）

◎难度系数：★★★★★

问题3

可别高兴得太早啦！你距离拿到徽章还有最后一步！只有设法拿到摊主手里的钥匙才可以！但是他是绝不会松手的。快动手试试吧！（5分）

◎难度系数：★★★★★

来自孟鹿的口信：
没想到你真的帮我找回了我的徽章！谢谢你！
接下来快去看看你的积分吧！

答案请翻到249页

狩梦人勋章测试得分

鉴定准备（瞬间记忆力）

请翻阅前文核对答案（每题回答正确计2分、错误计0分）：

❶ 2号作战指挥室的虚拟影像叫什么？

❷ 戚梦萦在哪里消灭了"鼠疫"？

❸ 柳嘉爱看的最近上映的电影是什么？

❹ 灵魂逆流河上的雨叫什么雨？

❺ 前往雾莲街需要乘坐什么交通工具？

❻ 孟阿婆的店叫什么名字？

❼ 一铭拉面馆的招牌拉面是什么？

❽ 雾莲街的人们尊称罗西为什么？

❾ 进入梦域需要乘坐什么交通工具？

❿ 本书同系列第一本书名是什么？

已审核 APPROVED!

(15-29分) 荣耀金牡蛎勋章

你非常乐于与其他人一起合作完成各种具有挑战性的任务，足智多谋，热情主动，冒险精神十足，并且往往处于先锋位置，但是要记住的是多采纳团队的整体意见。

关键词：足智多谋、冒险家精神

A

(30-44分) 杰出银贝壳勋章

你是团队里至关重要的"万金油"，即使不处于领导者的位置，但在竞争和合作并存的环境中，你总能在任何位置上发光发热，你只需要更精准地找到自己的定位就能发挥最大的作用。

关键词：灵活多变、勇于奉献

B

关键词：稳固、值得依赖

C

你可能并不是最耀眼的那个，但你绝对是最稳固的那个，虽然有时并不显得出类拔萃，但在关键的时候总能起到意想不到的作用，如果能更有主见就完美了！

(0-14分) 勇敢铜铠甲勋章

关键词：聪明机灵、单打独斗

D

你聪明机灵，勇气非凡，对于团队来说你是不可多得的人才，但有时过于单打独斗让人忧心忡忡，如果能够与他人建立稳固的合作关系，你们会是最强的黄金拍档！

(45-60分) 独行游侠勋章

独一无二的狩梦人徽章！

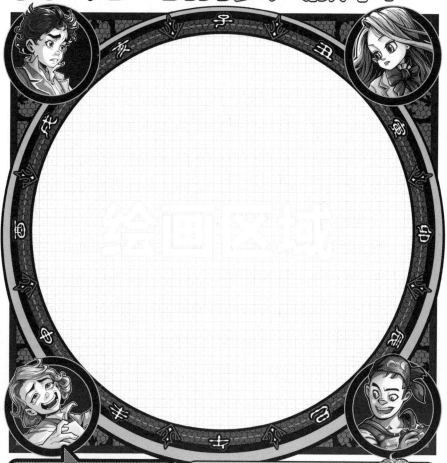

绘图区域

每位狩梦人都拥有自己的**独特印记**。快给自己设计起来！这些元素都可以有！

☐字母　☐自然元素　☐图腾
☐剪影　☐艺术字　☐边框

试着找朋友帮你也设计一个！留下他的设计！

博古医生的哲学课堂：

相信你已经获得属于自己的狩梦人团队勋章了！

狩梦人从来不是一个人能够胜任的职业，"团队"才是在梦域碎片中探索的制胜法宝，希望你能在团队合作中发挥属于你自己的光和热！

你所不知道的幕后

{ 《梦域空间》花絮放送中…… }

最细小的**情节和秘密**都在这里**逐渐展现**

---

① 柳嘉的恶作剧

你还记得舅舅一家无情地抛下柳嘉去看电影的时候，柳嘉悄悄地在崔牛牛的作文本上动了点儿小手脚吗？哈哈！没错！你猜他做了什么呢？

《我心中的超级英雄：崇阳学校校长吴礼弘先生》

校长大人好，刁难一点儿也没有，笑容多，事少，受人尊敬。

学生姓名：崔牛牛
年　　级：
指导老师：
学　　校：
老师评语：

修改后

《我心中的超级英雄：崇阳学校校长吴礼弘先生》

校长大人好刁难，一点儿也没有笑容，多事，少受人尊敬。

学生姓名：崔牛牛
年　　级：
指导老师：
学　　校：
老师评语：

校长的回复

崔牛牛同学好骄纵，一点儿也没有进步，多调皮，少获得嘉奖。
另外——
明天叫家长来！

怎么会这样？

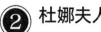

② 杜娜夫人的逃跑计划

计划失败后，杜娜夫人和佐臣氏不得不踏上逃亡的路途。你知道逃亡时的交通工具是什么吗？你绝对想不到！整个鹤鸣理发馆居然是……

祭典复合谜题答案

❶ 路线如左图。解题的关键在于经过第一个摊位之后，你需要回到起点再出发。

❷ 宝箱C上的图案才是5个图标的正确叠加，宝箱C是正确的。

❸ 如下图操作即可。

高效联络网谜题答案

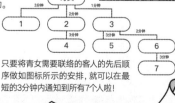

只要将青女需要联络的客人的先后顺序做如图标所示的安排，就可以在最短的3分钟内通知到所有7个人啦！

《梦域空间》创作者名单

◎索飞澜工作室◎

制作人	雷　铸
绘　制	
彩色绘制	林　勃
原画绘制	{ 楼奕东 叶俊人
包装设计	
美术设计	雷　鸿
印　务	刘厚松
图片制作	{ 李文耀 陆琲卿 谭天晓
策划统筹	谢　燕
文案助理	{ 王诗慧 倪　玥
特别感谢	{ 刘娇龙 李晓露 赵思颖 周莎莎

梦域空间与雾莲街诡眼蜘蛛

产品经理	刘树东	营销经理	林　芹
	陈佳敏		滑麒义
技术编辑	顾逸飞	执行印制	刘世乐
监　制	何　娜	出品人	王　誉

图书在版编目（CIP）数据

梦域空间与雾莲街诡眼蜘蛛 / 琴月著；索飞澜绘. ——
昆明：晨光出版社，2022.1
ISBN 978-7-5715-1360-3

Ⅰ. ①梦… Ⅱ. ①琴… Ⅲ. ①幻想小说－中
国－当代 Ⅳ. ①I247.5

中国版本图书馆CIP数据核字（2021）第237359号

梦域空间与雾莲街诡眼蜘蛛

琴月 著　　索飞澜 绘

出 版 人	杨旭恒
责任编辑	于立思　沈伯杭
特约编辑	刘树东　陈佳敏
插　画	索飞澜
装帧设计	蛙圃文化
责任校对	杨小彤
责任印制	廖颖坤
出版发行	云南出版集团　晨光出版社
地　址	昆明市环城西路609号新闻出版大楼
邮　编	650034
电　话	0871-64186745（发行部）
	0871-64178927（互联网营销部）
法律顾问	云南上首律师事务所　杜晓秋
印　装	北京世纪恒宇印刷有限公司
经　销	果麦文化传媒股份有限公司
版　次	2022年1月第1版
印　次	2022年1月第1次印刷
书　号	ISBN 978-7-5715-1360-3
开　本	880mm×1230mm　1/32
印　张	8
字　数	171千
定　价	39.80元

如发现印装质量问题，影响阅读，请联系 021-64386496 调换。